I0659589

ČESKÁ MYŠŠ

ČESKÁ MYŠŠ

Kristýna Šťastná

ČESKÁ MYŠŠ

PŘEDMLUVA

Občas si přijdu jako Mary Poppins. Když vzpomínám na svůj život, vidím z něj každou chvilku, jak mi běží znovu před očima. Chci o tom životě psát, jelikož je to můj svět. O něm chci vyprávět ostatním, aby věděli, že každý máme v sobě svůj malý příběh a každý takový příběh se prolíná s jinými. Na chvilku ožívá, na chvilku spí, ale tím, že se o něm napíše, se na něj nikdy nezapomíná.

Přemýšlím, jak vše co nejlépe popsat, zda mám vylíčit detaily a nebo je schovat do rukou vaší fantasie? Jak moc se dá popsat život, aby nenudil, ale zároveň sdělil to, co si dala duše za úkol na tomto světě? Napadá mě leda rozdělit svůj život do kapitol a nechat si zase kousek na příště.

Přeji všem hezké čtení …

Kristýna Šťastná

Kristýna Šťastná

ČESKÁ MYŠŠ

Říká se, že svůj život s přibývajícím věkem pomalu zapomínáme a hlavně, že z dětství si v dospělosti už moc nepamatujeme. A proto jsem se rozhodla ve svých třiceti letech, než zapomenu úplně vše, psát tuto knihu. Nerada bych totiž dopadla jako můj otec, který nám od dětství neustále vyprávěl o svém životě a ten byl opravdu místy hodně zajímavý. Psát uměl, ale než aby vzal do ruky tužku a prostě to všechno sepsal, raději povídal. A tak se stalo, že když už si pro něj smrt pomalu přicházela, už to nedokázal dohnat, natož vrátit čas. A umřel, aniž by lidem sdělil to, co chtěl. Díky němu dnes vím, že nemůžeme odkládat důležité věci na „potom", protože to potom už také nikdy nemusí přijít...

Je pravda, že ze svého dětství si opravdu moc nepamatuji, ale přesto pár střípků tam kdesi v mém srdci stále dřímá...

Svět jako takový, jakési první uvědomění si sebe sama, to si pamatuji dodnes. Seděli jsme celá rodina v kuchyni u televize a zrovna běžel pořad o vzniku planety Země a vesmíru vůbec. Venku byla zima a my měli zatopená kamna, u kterých jsme se všichni hřáli. Zajímavé, že to před očima vidím tak živě, jako by to bylo právě teď. To byla ještě naživu babička, mamka našeho táty, která s námi bydlela v jednom domě. Mně bylo něco kolem tří let? Asi ano, přesně si to už nevybavuji.

Pamatuji si mnoho chvil, které jsme takto trávili u televize. Také chvíli, kdy zrovna dávali českou Miss. Moc se mi ta soutěž líbila, i ty hezké dámy, a se zájmem jsem se ptala mamky, zda i já mohu být „česká myš" (byla jsem ještě malá a cizí jazyky mi byly neznámé) a co musím proto to udělat a umět. Mamka se smála a řekla mi, že ano, i já mohu být právě tou českou myší, ale že k tomu mi stačí být pouze krásná. A tak jsem v té době každý den po koupání stoupala na váhu a hlídala se, abych náhodou nepřibrala nějaké to deka. Brala jsem to zcela vážně, ale byla jsem stejně moc malá na to, abych se tou Miss vůbec někdy mohla stát. Mamka z toho měla akorát starosti, protože jsem odmítala jíst a byla jsem spíše podvyživená. Ale podstatu soutěže jsem odhadla dobře, že?

Bydleli jsme na vsi, v Líních, kousek od Plzně. Byla to malá obec s pár obyvateli a všichni jsme se navzájem znali a myslím si, že si lidé mezi sebou i více pomáhali. Rodiče chodili do práce a dopoledne nás hlídala babi. Topili jsme dřevem. Vždycky nám tam nějaký tátův známý přivezl hromadu trámů, jak říkával náš táta z „bouraček", neboli z rozbouraných domů, a on je pak po práci či o víkendu třídil a buď dál rozřezával, nebo si to lepší dřevo schovával, jelikož byl truhlář a sem tam něco vyrobil. Vyrůstali jsme v době bez moderních elektronických vymožeností, takže jsme se jako děti musely vždy nějak zabavit samy. A pro rodiče bylo vždy jednodušší nás „vyhodit" ven, ať se nějak bavíme, než aby s námi chodili také. A tak jsme se couraly po dvorku a hledaly si se sestrou zábavu, kde se dalo. Takže jsme znaly kdejaké zákoutí dvora a tam ukrytá tajemství, například na seníku, který byl v patře nad tátovo dílnou. Našly jsme tam mnoho starých německých knih, fotografií, gramodesek,... A i na mnoha dalších místech se vždy něco zapomenutého našlo.

Taťka měl vždy před topnou sezonou venku u vchodu do domu z garáže vyndanou pilu, pod kterou byly samozřejmě piliny. Jednou jsme si tam s nimi šly hrát, babi nás vypustila ven na čerstvý vzduch. Vtom zafoukal vítr a navál nám ty piliny do očí. A tak jsme ubrečené zase utíkaly domů a babi nás objímala a chlácholila, že to bude dobré. A to je tak asi vše, co si o ní pamatuji. Pak, krátce na to, skončila v nemocnici, myslím, že s rakovinou, a umřela.

Pamatuji si, že jednou k nám přivezli dřevo z nějakého divadla. A mezi trámy byly i různé dřevěné postavičky, jako třeba koníci, takoví ti s dřevěnou hlavou, místo těla dřevěné násady, a my se sestrou na nich samozřejmě rajtovaly po zahradě a byla to opravdu super zábava.

Mamka nás měla na starosti přes den a táta měl za úkol nám večer před spaním číst pohádky a uspat nás. Jenže většinou jediný, kdo u toho čtení usnul, byl on sám. Měly jsme se sestrou patrovou postel a ona spala nahoře. Táta většinou ležel u ní a nejednou z té výšky spadl dolů. My samozřejmě nespaly a hrozně jsme se bavily tím, že začal během vypravování chrápat a ještě více nás rozesmálo, když náhodou spadl na zem.

Často jsme v zimě byly nemocné a mamka nám dělala domácí léky, například z cibule a medu. A také nám na zahradě rostl křen, který mamka vždy uchovávala na zimu. A právě proto, že otec byl přes den v práci a neměl ani potuchy, co se doma děje, jsme ho se sestrou jednou pěkně převezly – právě čerstvě nastrouhaným křenem v hrnci přiklopeným poklicí. Už jsme taťku vyhlížely a kuly na něj svůj podlý plán…

„Tati, zavři oči a přivoň si, co nám mamka uvařila!"a on omámený láskou svých dcer, které ho právě vítaly u vchodu po příchodu z práce, zavřel oči a očekával ten námi slibovaný vonný zázrak… Místo něj se dostavil záchvat vzteku, co jsme mu to zase provedly! Nadechl se opravdu z plných plic, a že křen v hrnci byl opravdu kvalitní! Na tento doslova silný zážitek náš táta vzpomínal až do svojí smrti.

Taťka pořád přemlouval mamku, aby s ním ještě měla jedno dítě, protože si moc přál mít syna. Doma si připadal utlačený, mezi tolika ženami. Ale ona se nikdy nenechala přemluvit. A možná to bylo také proto, že my jako správné zvědavé děti za nimi neustále potichu lezly v noci místo spaní do ložnice a strašně nás zajímalo, jak takové přemlouvání vypadá. Bohužel jsme byly vždy zavčasu odhaleny a poslány zpět do svých postelí. Táta se vždy za to na nás zlobil, ale my pochopitelně nevěděly proč a vždy jsme naše pátrací akce za pár dní zopakovaly.

Mamka byla šikovná nejen jako šička oblečení, ale uměla také perfektně háčkovat a plést. Někdo jí vnuknul nápad, že když je se mnou doma na mateřské, mohla by si zkusit přivydělat nějaký peníz výrobou deček a háčkovaných postaviček, které pracně škrobila. Pamatuji si na hezké labutě, které vyráběla měla v různých velikostech, byly to takové mističky na drobnosti. Vždy jednou za čas jsme s tím jezdily já a mamka autobusem do Domažlic do obchodu s broušeným sklem, ke kterému se to náramně hodilo. Chodili tam nakupovat zahraniční turisté, kteří měli ruční práce moc rádi. Tyhle výlety jsem měla ráda. Mamka jednou v Domažlicích koupila v trafice časopis s komiksem Asterixe a Obelixe. Byl to vůbec první výtisk celého příběhu. Mamka ho znala ze svého mládí, kdy vycházel v novinách vždy jen kousek. Ona si ho pokaždé vystřihla a nalepila k ostatním do sešitu. A najednou měla kompletní tištěnou verzi! Také jsme si v tom se sestrou moc rády listovaly. Televizi jsme měli černobílou a barevný komiks byl pro nás něčím novým. Mamka doma háčkovala každou volnou chvíli a jednou za čas k nám domů chodil i fotograf, který její díla pracně fotil. Občas vyfotil i nás se sestrou a jsem za to ráda, protože konkrétně já nemám z dětství skoro žádné fotografie. Proč mamka s háčkováním skončila, nevím, ale dodnes neznám nikoho, kdo by se jí vyrovnal.

S bratranci, kteří bydleli hned vedle, jsme si také hrávaly. Ať už to bylo na piráty, nebo různé hry s míčem (samozřejmě klučičí jako fotbal apod.) a houpali jsme se na houpačce. Byla to vždy zábava. Bratranci byli tři. Ten nejmladší byl o rok starší než moje sestra a už odmala hrál závodně hokej. A asi proto, že se pohyboval často mezi staršími sportovci, znal již hodně sprostých slov, které nás pak samozřejmě učil. My pochopitelně nevěděly, co to znamená, ale naši rodiče, hlavně náš táta, pro to neměl moc pochopení. Zvlášť když mě bratránek poslal k nám domů, ať tátovi řeknu, že je pánské přirození. Vidím ho dodnes, jak v něm vařil vztek, ale mamka ho včas zadržela a po výslechu oba zjistili, odkud vítr vane. A i když to pak řešili s bratránkovou rodinou, on mě stejně takovým slovům učil dál. Až jsme se spolu přestali raději bavit úplně.

Kluci byli starší než my, takže si s námi ani vlastně moc hrát nikdy nechtěli. Tedy, kromě her typu půjč mi svůj nanuk a já ti ukážu kouzlo je ta zábava s námi mrňaty moc nebavila.

Jak jsem již zmínila, všichni jsme se na vsi znali a prakticky každý, kdo se nepřistěhoval a byl starousedlík, znal ostatní ze základní školy. Výjimkou nebyl ani náš soused, který se s tátou vždy slovně pošťuchoval, sotva se ze zahrad navzájem zahlédli. Táta byl opravdu velmi štíhlé postavy, ale neustále cosi na zahradě kutil, snažil se něco opravit (píši záměrně snažil, protože mu to ne vždy vyšlo tak, jak jsme od něj očekávaly), či něco vylepšoval. Jednou byl opravdu silný vítr a shodil nám ze stodoly pár bočních tašek ze střechy. Táta to samozřejmě musel opravit co nejdříve, aby mu nezatejkalo do dílny, kde měl mnoho drahých nástrojů ke svojí truhlařině. Stodola sousedila právě s pozemkem tohoto jeho kamaráda, který tátu často chodil pozorovat při práci. A ten den nebyl výjimkou. Otec si nás se sestrou svolal na pomoc. Jedna z nás držela žebřík, druhá nosila nové tašky. A on byl nahoře a všemožně se snažil střechu opravit. Musel stát na úplně poslední příčce, ale i přesto byla na něj střecha moc vysoká. Stále foukal silný vítr, ale ten nebyl tak nebezpečný, jako právě náš soused, který sezval pro změnu zase celou jejich rodinu na zahradu, ať se prý jdou rychle podívat na Kracíka, jak pracuje. „Pepo neblbni, dej si radši ty tašky do kapsy, ať neuletíš i s tím žebříkem!“ volal na něj neustále. Ale táta se nevzdával a pořád pokračoval v práci. Nakonec ho soused začal sestřelovat jablky. Ale to už táta nevydržel, slezl dolů a strhla se mezi nimi velká jablková válka. Dodnes nevím, zda se to otci líbilo, že s ním nikdo z jeho okolí nemluvil jinak, než že dělal vtipy, ale některé scénky jsme si opravdu užili. Hlavně tyhle, kdy se dospělí chovali jako malí. A pak jsme začaly chodit do školky. Já jsem díky mnoha chytrým a zasvěceným bratrancům byla až moc informovaná, hlavně co se týče existence Ježíška a jak se rodí děti, takže chudák mamka byla věčně „na koberečku". Protože samozřejmě jak to děti dělají, co jsme měly na jazyku, to jsme také řekly. A já si vždy za svou pravdou tvrdě stála, takže když jsem rozbrečela polovinu mých spolužáků ve školkové třídě sdělením, že dárky nám kupují rodiče, ne Ježíšek, paní vychovatelka mě hrozně vyhubovala. A ještě se se mnou hádala, že nemám pravdu. Byla jsem poslána do kouta na hanbu a nikdo ke mně za trest nesměl. On ke mně ani nikdo jít nechtěl, protože jsem se všech tím svým prohlášením dotkla. Já seděla tedy v koutě se zacpanýma ušima a byla na učitelku hrozně naštvaná, že se nestydí takhle ostatním lhát. A tak jsem byla z této školky vykázána a mamka mě musela dát do jiné. Ale v onom mezidobí se mnou musela být doma.

Když jsem měla páté narozeniny, moc jsem si přála dostat psa. My jsme se psy vyrůstaly, ale chudáka posledního psíka Míšu nám zajelo auto a čtyřnohý kamarád nám doma chyběl.

Mamka s taťkou mě a sestru jednou poprosili, abychom se oblékly, že musíme jít něco vyzvednout k jedné jejich známé. A hle, co jsme tam dostaly do ruky – malé černé huňaté štěně! Byl to ten nejkrásnější dárek! Mamka ho pojmenovala Žolík, ale my ho se sestrou přejmenovaly na Žuldu. Mamka si s ním užila hodně stresu. Bylo to takové neposedné štěně. Neustále doma močil, kadil, a když jsme všichni ráno odešli pryč, vyl a štěkal, vše ničil, až si na celý ten hluk stěžovali sousedé. A tak se naši rozhodli, že než aby doma neustále něco vyváděl, bude lepší, když se bude učit žít venku. Tam to Žulda naprosto miloval. Táta mu vyrobil pěknou zateplenou boudu a on v ní byl opravdu spokojen.

Zajímavé je, že Žulda poslouchal jen mě. Učila jsem ho skákat přes maminčiny pařníky, chodil mi u nohy bez vodítka i po ulici, a když jsem ho přivolala, přišel hned po prvním zavolání. Vzhledem k tomu, že žil venku, byl na jaře neustále plný blech. To už u nás bydlela druhá babička, mamka naší mamky. A o Žuldu se starala ona. Naučil se u ní spát v bytě přes venkovní chodbu, ale i přesto, že ona mu dávala střechu nad hlavou, žrádlo a pití, poslouchal prakticky pořád jen mě. Babi nikdy nepochopila, jak je to možné, když mu například chtěla vyndat blechy z kožichu a nastříkat ho sprejem proti nim, mně stačila dvě slova k tomu, aby si lehnul na zem na záda a zůstal v té poloze, aniž by měl neustále tendenci někam utíkat. Ale nikoho jiného, ani ji jakožto svého hlavního živitele, neuposlechl tak dobře. Byl to prostě můj pes.

Žulda byl takový alfa samec. Jak někde hárala fena, už byl u ní. Utíkal ve dne i v noci. Byl to takový amant všech samic z vesnice. A i když to byl špic, celkem malý pes, měly se k němu všechny hárající feny bez ohledu na rasu. Nejvíce miloval německé ovčáky. Mamka se vždy musela smát, když nám někdo vyprávěl, že toho našeho černocha viděli potulovat se s tímhle obřím plemenem v ulicích.

Ale výlety, to by ještě nebylo tak hrozné, jako ty následky po nich. Když pak někdo přišel se štěnětem, které vypadalo jako ten náš pes, nedalo se z toho nijak vykroutit, jelikož důkazy byly jasné. Kromě jeho umění utéct i centimetrovou škvírou a po třímetrovém zděném plotu, byl Žulda náruživý hlídač našeho obydlí. Nenáviděl, když někomu jinému utekl pes ze zahrady a náhodou si to „štrádoval" kolem nás a on chudák byl za plotem... To se vždy mohl dočista zbláznit a vyváděl jako pominutý. Hlavně nenáviděl jednoho bígla, který bydlel v našem bloku (v ulici). Jednou si šel bígl k plotu k Žuldovi přičuchnout a ten náš „blbec" ho chytl za nos a nechtěl mu ho pustit. Chudák bígl skončil na veterině a náš pes s podmínkou a pohrůžkou utracení. Dodnes nechápu, jak je to možné, že ke mně se vždy choval mile a k ostatním jako nepřítel. Bohužel do psí hlavy se asi nikdy nedostaneme...

Náš táta neustále zachraňoval nějaké potulné psy z ulice a jednou k nám přivedl pudla, kterého někdo vyhodil z auta. Chudák se toulal naší vsí několik týdnů, lidé mu vždy házeli z lítosti nějaké to jídlo, až se na to táta nemohl dívat a vzal ho k nám. Dan byl už starší, pětiletý pes, v dobré kondici, ale Žulda samozřejmě nesnesl pocit, že už není jediným pánem naší zahrady. A tak se spolu často rvali. Jenže Dan, pudl, není bojové plemeno, takže z boje vždy odcházel jako potrhaný poraženec. My je mnohdy sledovali, abychom zjistili, jak vůbec dochází k jejich šarvátkám. Ti dva se prostě stále dokola provokovali, ať už to bylo pošťoucháváním se u vrat či při běhu po zahradě, a Žulda jako dominantní si to prostě občas nechtěl nechat líbit. I když byl potvora, milovala jsem ho. Byl to můj pes. Jednoho dne utekl a už se nevrátil. Po okolí kolovaly zvěsti, že jej snědli jedni lidé, kteří bydleli v garsonce za vsí. Ale pravdu už se asi nikdy nedozvíme. Na Dana vzpomínám také v dobrém. Byl fixovaný na mamku. K večeru, když jsme celá rodina sedávala u televize v obýváku, lehával pod jejím křeslem a hlídal. Ne nás se sestrou, ale tátu. Jak šel táta okolo mamky, byl v pozoru a dokonce po něm několikrát vyletěl jako střela z hlavně a pohrozil mu, ať se mamky ani neopovažuje dotknout. Byla to sranda, ale jen do té chvíle, než cenící zuby zanechaly opravdové kousance. Jednou už to táta nevydržel a tak strašně ho chudáka ztřískal, že Dan nechtěl skoro celý týden vylézt z pod maminčiny postele, jak se našeho otce bál. Ale pak měl od něj táta alespoň jednou provždy klid.

Paní Volánková byla milovnicí pudlíků, měla doma fenku. Náš Daneček byl statný samec, a tak jsme je občas dávali připustit. Chodívala jsem za ní s Danem sama. Milovala jsem psy a tudíž i návštěvy u ní. Navíc měla pěkně zařízený byt plný dekorací, které jsem si moc ráda prohlížela. Moc zvláštně to u ní vonělo. Byla vášnivá kuřačka, takže v tom byla příměs tabáku, nač jsem ostatně byla zvyklá z domova, hlavně od babi, která kouřila v malé místnosti a větrala minimálně, ale i přesto v ní bylo něco nasládlého. Bohužel paní Volánková i často pila, a tak když jsem ji třeba překvapila nečekanou návštěvou, hned jsem pochopila, že se sotva udrží na nohou a mnohdy jsem zase rychle odešla domů. Ale úplně nejvíce jsem milovala chvíle, když se fenkám narodila štěňata a paní

Volánková mě s nimi vždy fotila, jak je držím v náručí. Bylo mi vždy líto, když pak všechna štěňata putovala k novým páníčkům. Ale jednu malou fenku si kvůli mně nechala, protože Lucinka za mnou neustále chodila a byla opravdu povedeným štěnětem. Její fenky už také měly téměř před psím důchodem, tak je měl alespoň kdo občas pořádně prohnat po zahradě.

Když už byl Dan starý, neměl už skoro zuby a špatně viděl. Byly Vánoce, zrovna Štědrý den, a on utekl ze zahrady a už se nikdy nevrátil. Jelikož sněžilo, hledání nebylo tak těžké. Jeho stopy vedly k rybníku a potůčku, co tekl hned vedle. Jeho tělo jsme nenašli, ale pravděpodobně spadl do vody a utonul v ní. Smrtí Dana skončily i návštěvy u paní Volánkové. Psů se na naší zahradě vystřídalo opravdu mnoho a na všechny vzpomínám s láskou…

Jinak jak už jsem řekla, za našeho dětství nebyla žádná elektronika, takže nás rodiče po obědě či někdy už po snídani, vyhnali ven a my se museli nějak zabavit. A jako správné vesnické děti jsme si my, všechny děti z blízkého okolí hrály spolu. Jednou přišel někdo k nám, podruhé my k nim a vždy se na něco hrálo. V létě s pampeliškami na princezny, v zimě se buď stavěly sněhuláky nebo iglú, na podzim jsme skákali v hromadách listí a podobně. Kousek od nás byl kopec, který skýtal opravdu mnoho zábavy, hlavě v zimě, když napadl sníh. Dalo se na něm lyžovat, bobovat, sáňkovat... a byl od nás opravdu kousek, takže jsme tam bez obav našich rodičů chodívali už od svých raných let, chodila tam skoro celá ves. A tak si asi dokážete představit, jak to dopadlo, když se děti měly hlídat navzájem a dělat jeden druhému společnost. Na kopci, jak jsme tomu ostatně všichni v Líních říkali, mnoho dospělých opravdu nebylo, takže samozřejmě nebyl žádný dozor nad tím, co se tam děje. Takže mimo hlavní jízdní prostor vznikl takzvaný „smrťák". Byl to kopec opravdu strmý a směli na něm jezdit jen opravdoví hrdinové. Podél něj z obou stran bylo křoví. Občas se stalo, že když už byl sníh opravdu dobře rozježděný v led, vyhodil vás smrťák až do potoka, který tekl pod kopcem. Mnoho dětí si za jeho slavné éry na něm zlomilo nějakou končetinu, mnoho dětí se vrátilo s vykloubením, byli jsme samé modřiny, ale smrťák byl stále populární, protože nikdo nechtěl patřit mezi „sraby".

Naše ves byla rozdělena na děti ze sídliště a na vesničany. A samozřejmě to byly dva odlišné tábory. Ti ze sídliště už byly jakoby děti z města a moc jsme si mezi sebou nehrály. Ale my tam měli babi. Než si ji nastěhoval táta k nám, bydlela na sídlišti v panelákovém bytě. Občas dostala za úkol pohlídat nás, ale naše babi nebyla hlídací typ. A tak nám dala najíst a hned na to vyhnala hrát si ven. Jednou se nám stalo, že jsme nemohly najít se sestrou cestu zpět k ní domů. Bydlela v jednom z řadových paneláků a jeden dům byl od druhého k nerozeznání. A tak jsme chodily od jednoho zvonku ke druhému a vždy debatovaly o tom, zda teď už stojíme u toho pravého či ne. Až jsme našly ten pravý, ale bohužel jsme si spletly patro. V bytě bydlela nějaká starší paní, která se zapomněla zamknout a my k ní vešly dovnitř, aniž by si toho všimla. Kuchyni měla naprosto stejnou, a tak jsme pokračovaly v našem slavném pochodu až do obýváku. Až tam jsme se polekaly nad cizím člověkem sedícím v „babiččině křesle" a dohadovali se s paní, že ukradla babičce byt. Naštěstí paní nás i ji znala a poslala nás o patro výš. A na cestu jsme dokonce dostaly papírový pytlík s třešněmi. Babi z toho byla v šoku, že prý jsme jí udělaly po vsi ostudu. Ale myslím, že i ona byla nakonec ráda, že to nakonec dobře dopadlo... Po smrti tátovo mamky, která tehdy bydlela u nás v domě, po ní zůstal její byt prázdný, a tak rodiče nabídli téhle babi, zda by se náhodou nechtěla přestěhovat k nám, aby to měla do práce blíže a nemusela platit drahý nájem. Po delším přemýšlení nakonec souhlasila.

Když tedy už byla babi, mamka naší maminky, nastěhovaná u nás, rodiče dostali nápad, že by nás babička mohla v noci pohlídat a oni by si konečně po mnoha letech zašli společně na místní bál. Babi nerada hlídala, a tak souhlasila jen za podmínky, že rodiče odejdou až ve chvíli, kdy my už budeme obě v pelechu. Nachystaly nám postel u ní v bytě. Pamatuji si, že bylo léto a i když bylo už kolem deváté hodiny, venku bylo světlo. A my samozřejmě nechtěly spát. Bylo to pro nás něco nového. A navíc jen co naši odešli, zaslechly jsme se sestrou zvuk televize z vedlejší místnosti. Babi už hůře slyšela, takže ji měla opravdu nahlas, aby se zvuk dostal až k ní na gauč. Dávali tenkrát premiéru filmu Zdeňka Trošky, Slunce seno jahody a my jsme samozřejmě byly moc zvědavé. Babi se s námi jen zlobila. Neustále nás zaháněla zpět do postele, a tak když se po hodině rodiče vrátili ze zábavy domů, ráda nás jim zase předala. Dnes už vím, jak se asi cítili. Ale to jsou holt věci, situace, pocity, ke kterým člověk musí jednou dospět sám, aby pochopil, proč se na ně jeho okolí zlobí. ☐

18

V létě jsme se mnohdy potulovali po vsi a nevěděli, do čeho píchnout. Dospělí tomu říkali, že se klackujeme. To bylo pojmenování pro nudu. A já jsem se bohužel ne vlastní vinou častokrát zapletla do situací, kdy nás za to tahali dospělí za uši a stěžovali si rodičům. Asi jsem se pohybovala ve špatné společnosti. Pamatuji si, že jsme s jedním kamarádem z ulice hráli hru, kdo nejdál dohodí kamenem. Bohužel to bylo na naší zahradě, a on, jakožto osoba mužského pohlaví, tohle umění zvládal lépe než já a trefil se do okna naší babi. Ta samozřejmě vyletěla z domu ven a hrozně nám vynadala. On se k tomu samozřejmě nepřiznal, a tak jsem to „slízla" za něj. Babi se mnou pak celý měsíc nemluvila. A já zase nemluvila s ním. A když se mi pak omluvil a byli jsme pro změnu na návštěvě u něj, jednou v zimním období sestřelil sněhovou koulí květ kytky, kterou měli na zahradě. Byla to nějaká vzácná kytka, která prý kvete snad jednou za několik let a jeho rodiče se dmuli pýchou před sousedy, jaký má nádherný kalich. No samozřejmě že se k tomu opět nepřiznal a jeho rodiče mě hnali zpět domů, ať se jdu prý přiznat našim, co že jsem jim provedla.

Pavel byl jedináček. Občas se podle toho choval. Snažil se nám dávat najevo, že on je vládce všech svých hraček a nikdo kromě jeho na ně nesmí sáhnout. Ale jeho mamka, když náhodou byla přítomna u našich her, ho vždy napomenula, aby i on sám pochopil, že například když si chce hrát s legem, a že ho měl plný velký pytel, je lepší si hrát s někým, než jen sám, protože u toho vždy byla větší zábava a prostor k otevření fantazie. Ale za její nepřítomnosti jsme se spolu samozřejmě častokrát hádali, až ze všech her nakonec sešlo.

Když pak moje sestra nastoupila do první třídy a mamka byla náhodou v práci, hlídali mě vždy nějací známí mamky s tátou, většinou starší lidé z našeho blízkého okolí. Nikdy si se mnou nikdo z nich nehrál. Posadili mě před černobílou televizi a já na ni koukala do doby, než mě mamka zase vyzvedla. Je zajímavé, že si dodnes pamatuji, že jsem koukala na Sandokana. A písničku z něj nám občas pouštěli i do obecního rozhlasu. Dodnes mi zní v hlavě!

Jelikož budova nižšího stupně, kam sestra chodila do školy, byla u kopce, kam jsme chodily bobovat, mamka mě pouštěla samotnou, abych ji po škole vyzvedla. Chodila jsem tam často s Žuldou. Děti se ho bály, ale když byl se mnou, byl hodný. Je to zajímavé, že mladší sestra chodila vyzvedávat tu starší :-D. Nu a pak kolikrát ani sestra po škole neměla náladu si se mnou doma hrát. Byla jsem pro ni malý prcek a ona už přece chodila do školy. Tak jsme se doma občas uměly pěkně pohádat, až z toho mamka byla takříkajíc na mrtvici, když nás musela neustále od sebe rozhánět.

Sestra se doma už musela učit. Takže jsem pochopitelně od ní vše odposlechla, hlavně čtení ze slabikáře. Těch pár prvních stran jsem uměla celé nazpaměť, a to jsem ještě neuměla číst. Bylo to pro mě jako básnička. Mnohdy jsem si její slabikář půjčila na procházku ven, například na návštěvu u Pavla. Jen jsem zazvonila u jeho domu. A nemusel jít ani ven (po incidentu s květinou měl zákaz se mnou kamkoli chodit), před jejich vraty za plotem jsem mu přeříkala pár stran z knihy a šla zase spokojeně domů. Sestra nastoupila do první třídy v roce 1991. Byl to ještě rok, kdy se musel do školy nosit sběrný papír, trhat květ hluchavky, lípy... Byl to zajímavý rok. Mamka to s námi samozřejmě musela vše absolvovat sama, jelikož táta chodil z práce v noci a babi pracovala jako zubní asistentka také až do pozdních hodin. Vše mělo svá pravidla a například hluchavka a lípa musely mít pro odevzdání určitou minimální hmotnost. Díkybohu rok na to, když jsem šla do první třídy já, se tento zvyk už dodržovat nemusel. Mamka si určitě oddechla, jelikož to muselo být náročné, mít tak důležitý úkol a ještě nás při něm hlídat, abychom nevběhly do silnice, jelikož jediná lípa v našem okolí byla v parku u pomníku pro padlé vojáky za první světové války a ten stál mezi základní školou a hlavní pozemní komunikací. Auto jsme neměli, a tak to jinak než takhle vyřešit nešlo.

Mou třídní učitelkou se stala tatáž žena, kterou měla za třídní moje mamka před 35 lety. Takže i když bylo po revoluci, prakticky se u nás na vsi nic nezměnilo. Těžko říct, zda je tohle v pořádku, že dostanete stejného učitele, jako měli vaši rodiče, každopádně jste neustále pod drobnohledem a vystaveni jejich vzpomínkám na to, co ve vašich letech vaši rodiče dělali a co ne. A jelikož naše rodina byla vždy pronásledována všemožnými vládními režimy a byla vždy považována za nepřítele státu, i na nás se sestrou bylo tak pohlíženo. A ať se na mě zlobí z přeživších, kdo chce jak chce, tohle tvrzení nelze vyvrátit. A u nás ve vsi skutečně platí ta skutečnost, že

„komunisti se pouze převlékli do jiných kabátů" a fungovali dál zase s jinou ideologií. Také povolební výsledky vždy dopadly jednoznačně – komunisté a pravičáci. Komunisty volila stará garda obyvatel a pravičáky většinou lidé ze sídliště, protože se tam neustále stěhovali noví lidé z měst, kteří byli více informovaní. Ve škole jsem tak nějak nezapadla. Vadilo mně, že mi opravovali moje písmena, která podle mého uvážení byla krásná. A následné opravy typu napiš toho půl stránky, aby sis to zapamatovala, mně přišly vždy jako buzerace ze strany učitelů. Byla jsem asi moc chytrý dítě. Moje babi si neustále totiž kupovala všelijaké ty týdeníky s křížovkami o ceny, a aby mě při hlídání zabavila, naučila mě luštit osmisměrky. A tak mi je vždy nechávala nevyluštěné a při té příležitosti jsem si každý časopis celý prohlédla a mnohdy narazila na zajímavé články, například o písmu a jeho významu, co o nás vše prozradí. Tak proč bych tedy měla psát přesně podle něčí předlohy, když to měl být odraz mého charakteru a ne někoho cizího? To mi prostě nešlo do hlavy a nechtěla jsem to přijmout za pravdu. A tak mi moje psaní neustále paní učitelka zmizíkovala, byť se lišilo jen nepatrně. A pak mě doma samozřejmě čekalo opakování a psaní těch samých písmen pořád dokola. Nechtěly jsme ustoupit od svých zásad ani jedna.

Mamka ráda šila a já se jí samozřejmě též chtěla vyrovnat. Takže jsem si sama navrhovala a šila oblečení pro panenky ještě daleko předtím, než jsem vůbec nastoupila do první třídy. A tak když nás to jednou paní učitelka ve čtvrté třídě chtěla naučit v hodinách domácích prací, já už jsem si v té době doma šila svá vlastní plyšová zvířata. A vzhledem k tomu, že mamka nás naučila i plést a háčkovat, na těchto hodinách jsem se pochopitelně neměla čemu novému přiučit a spíše mi to vždy přišlo spíše naopak – že mohu já paní učitelku přiučit novým věcem. Není proto asi divu, že jsem se ve škole hodně nudila, protože mě doma rodiče naučili skoro vše.

Matematika mě strašně bavila a miluji ji dodnes. Je to pro mě koníček, asi proto, že už odmala zbožňuji nejrůznější hlavolamy a k tomu prostě výpočty a kalkulace patří. Jediné, s čím mi doma musela mamka pomoci, byly zlomky. Naprosto živě vidím, jak spolu sedíme v kuchyni u rozpálených kamen a ona se mi snaží vysvětlit, jak je to se sčítáním jablek a hrušek. Až to ve mně konečně „cvaklo" a už jsem měla z počtů jen samé jedničky. Ale chudák, když se občas dnes se svým synem ocitnu v podobné situaci, vždy si na ni vzpomenu, jak mi to vysvětluje s naprostým klidem, hodinu v kuse a vůbec se na mě nezlobí, že tomu i po takové dlouhé době nerozumím. Zato já ztrácím nervy už po deseti minutách...

S fyzickým růstem přišly i nové zuby a bohužel jsme je měly se sestrou obě křivé. Nedalo se nic dělat, musely jsme s mamkou dojíždět k zubaři do města - do Plzně - vždy jednou za měsíc autobusem. Moc nám to nevadilo, vždycky to bylo dobrodružství. A těžko říct pro koho, jestli pro mamku, aby nás dvě ubreptané holky uhlídala, nebo pro nás děti. V Plzni jsme měli prababičku Miládku, maminku naší babi z Líní a vždy jsme ji po návštěvě zubaře jely navštívit tramvají. Mamka po cestě vždy koupila nějaký mls, buď zákusky v cukrárně nebo párky, které jsme si u prababičky ohřály k obědu. A protože uměla šít a chtěla nás mít také hezky upravené, když jsme byly v tom městě, měly jsme vždy opravdu krásné módní kabátky, šaty, ... vše stejné. Nebýt našeho věkového a tudíž i výškového rozdílu, vypadaly bychom se sestrou jako dvojčata.

Babička už byla stará, ale moc milá. Milovala andulky a měla jich vždy doma mnoho. Bydlela ve starém městském bytě s přítelem Vaškem, který při rakovině hltanu přišel o hlasivky a mluvil jen díky takové zvláštní pomůcce. Mluvil jako robotický papoušek, ale vždy jsme mu rozuměli. Vašek měl babičku moc rád. Byl i přes svůj věk (80) příznivcem všech moderních věcí a pokroku. A tak jakmile to bylo po revoluci možné, zakoupil nový televizor, dokonce i video a časem i kameru, kterou nahrával prababičku, jak každé ráno sedávala u stolu a snídala rohlík s mlékem. Babička těm novým věcem nerozuměla a mnohdy se na Vašíka zlobila, proč ji vůbec natáčí. Ale jsou to nakonec naše jediné vzpomínky na ni.

Jednou se bohužel stalo to, že někdo přepadl a zabil jejího syna, babiččina bratra, o kterém jsme my se sestrou ani netušili, že existuje. A prababička to nesla moc špatně, když musela pohřbít své dítě. A poté to šlo s jejím zdravím z kopce. Měla mnoho infarktů a při tom posledním poprosila Vaška, aby jí už záchranku nevolal, že to bude dobré, a lehla si do postele. On jejímu přání z počátku vyhověl, ale když viděl, že se její zdravotní stav zhoršil, sanitku raději zavolal, ale babičce už nebylo pomoci. Bohužel po týdnu v nemocnici zemřela. Od té doby jsme už Vaška nikdy neviděli a osobně mě to moc mrzí. Mamka s babi se na něj za to, co udělal zlobily. My byly děti a věřily jsme svým rodičům, ale dnes vím, že se zachoval dobře. Když si vzpomenu, co vše prababička říkávala, opravdu se zachoval podle jejího přání a ona aspoň už nemusela trpět. Co se s Václavem stalo, už se asi nikdy nedozvím. Ale doufám, že prožil zbytek života v klidu.

Jídla tenkrát nebylo tolik, co dnes. Těžko říct, zda to bylo dobré či ne. Ale co se týkalo masa, pro lidi z vesnice existovalo bylo velmi jednoduché a hlavně levné řešení nedostatku této komodity, totiž pěstovat si vlastní zvířata, hlavně králíky. Náš dům byl kdysi statek, babi s dědou tam měli mnoho zvířat, hlavně koní. Ostatně, byli to zemědělci. A proto na zahradě nechyběl ani prasečí chlívek, králíkárny a výběh pro slepice. Koně už jsme neměli. I když se sestrou jsme si jako správné holky nějakého přály, naši nám jej nepořídili s tím, že by s ním bylo mnoho práce. A tak ze starých pozůstatků stáje měl táta z jedné části dílnu a v té druhé otevřené části bylo mnoho starých věcí, o kterých si myslím, že už ani nikdo nevěděl, že tam vůbec jsou. A právě tam jsme rády se sestrou často štrachaly a hledaly „poklady".

Jeden čas jsme měli ale i my zemědělské zvířata. Prase, králíky, slepice. Pořádali jsme vždy na podzim „zabíjačky". Ale vždy s tím byla velká práce, hlavně starost o prase nebyla žádný med, když oba rodiče museli chodit do práce. Takže od chovu tohoto zvířete jsme jednou prostě upustili.

Zato králíci a slepice – to jsou dva nejvděčnější druhy zvířat na vesnici a velmi levný zdroj masa a vajec. A že jsme jich měli... Začnu u slepic. Vždy na jaře jsem s mamkou jela koupit kuřata do blízké slepičárny. A když pak vyrostly, zabíjel je táta na maso a kupovali jsme zase nové a tak tomu bylo stále dokola. Jednou ale táta už měl „plné zuby" jejich zabíjení, a tak se s mamkou rozhodli, že si zkusí nechat slepice jen na vejce, nikoliv jen na maso. Beztak s malými kuřátky byl vždy problém, protože nám na ně chodila kuna a mnohdy se jich ani polovina nedožila rána.

A s tímto nápadem, nechat si stálé slípky, také přišla myšlenka, že jim pořídíme kohouta. Slepice totiž občas měly čas kvokání, táta mi to vždy vysvětlil tak, že se jednou za čas každá slípka rozhodne být kvočnou a mít svá vlastní kuřátka. Jenže bez kohouta to nebylo možné a každá taková „mámychtivá" slepice končívala trýzněná ostatními, které ji vyklovávaly ze zadku peří. A taková slípka přežila jen v tom lepším případě. Tyto ptáky dával náš táta podle staré tradice do plátěného pytle na noc a druhý den bylo po kvokání. Takto je zachraňoval před ponížením a opravdu - stačila jedna noc a bylo po trhání peří ze zadnic, které jinak trvalo týdny.

Ale zpět ke kohoutovi – takže náš táta někde sehnal bílého kohouta. Jenže tenhle pták tátu neměl vůbec rád. Na nikoho neútočil, jen na něj. Pravděpodobně to bylo proto, že táta byl jediný chlap v okolí, a když už nás ženy doma tak hezky tituloval – pojmenováním slepice, musel být zákonitě on druhým kohoutem na našem dvoře. A kdo zná slepice, tak ví, že dva kohouti se vždycky nesnesou. Kdykoliv táta vlezl do kohoutova teritoria (v jejich výběhu jsme měli králíkárny), rozběhl se pták proti němu a kloval ho hlava nehlava. Jednou dokonce přelétl v noci plot a číhal na něj u vchodových dveří, až půjde brzy ráno do práce. Byla ještě tma, ale ač byl kohout bílý, nebylo ho vidět. Sotva otec sešel naše dva schody z domu, pták mu skočil za zátylek a začal ho klovat do hlavy. To byl pro něj jeho první a zároveň poslední let. Ještě ten den táta s radostí vytáhl sekyru a kohout šel s hlavou na špalek.

Co se týká králíků, my jsme je se sestrou milovaly. Byly to takoví krásní boží tvorečkové! Chodily jsme se s nimi mazlit do jejich klecí, trhaly jim od jara do podzimu denně čerstvou trávu a v zimě krmily voňavým senem. Ale pak vždy přišel čas i z nich udělat maso. Opět to měl na starosti táta. Ten jako katolík tuto práci neměl nikdy rád. Ale dělal to kvůli nám, abychom měli co jíst. Vždy když nastal den vybíjení králíků, babi na něj řvala z okna, že je vrah (měla okna před králíkárnou). Cítil se kvůli tomu opravdu zle. Ale měl ve své dílně pověšené obrazy svatých a vždy je tam chodil prosit o odpuštění. Nejvíce si povídal se svatým Petrem a s Marií s Ježíškem. A tímhle si vždy ulevoval své duši, jelikož na docházení do kostela neměl čas.

Zajímavé ovšem je, že ač mu babi nadávala, že jej už nechce nikdy vidět, poté si vždy vykuchaného králíka staženého z kůže vzala a s chutí si ho upekla.

My jsme se vždy chodily dívat, jak taťka králíkům láme vaz ranou holí do temene, a hladily jsme ta jejich bezvládná tělíčka, která ležela jedno vedle druhého. Ale doba byla prostě taková a tohle bylo naprosto normální.

Táta si často chodíval povídat se svatým Petrem. Věřil, že naši rodinu chrání před vším zlým. Ani když například přišlo silné krupobití, nemrzelo ho přeběhnout do dílny a povídat si tam se svatým a prosit ho o ochranu. Co se týče náboženství – nás jako malé často teta brávala do kostela na nedělní mše, snažila se nás i učit desateru přikázání a modlitbám před spaním. Ale naši rodiče to neměli rádi, pravděpodobně si mysleli, že tomu stejně jako malé děti nemůžeme rozumět a snažili se vždy o to, aby nám nikdo nic podobného do hlav nevtloukal. A já osobně nikdy křesťanství nepřijala za své, i když jsem vždy v hloubi duše hledala odpovědi na to, o čem ten život vůbec je.

Táta měl jen svou malou „Mekku" v dílně a s tou si vystačil, jak s kostelem. Nám nikdy svoji víru nenutil a skutečně si nepamatuji jeho jedinou prosbu o to, abychom také věřili v Boha.

Nikdy jsme nebyly se sestrou nadané na sport, ale koníček jsme mít chtěly, tak nás naši přihlásili do šachového kroužku. Naši bratranci také hráli závodně šachy a vedli si docela dobře, a tak to rodiče zkoušeli i s námi a též si myslím, že jsme si vedly výborně. Chodily jsme tam více jak rok. Ale pak jsme neměli peníze, jelikož táta byl neustále v pracovní neschopnosti a kroužek jsme musely přerušit. Ale to samozřejmě lásku k tomuto sportu nemohlo překazit a trénovaly jsme alespoň doma s tátou.

Ve škole v pravém sportu jsem byla vždy za největší nemehlo. Co jiní zvládli hravě, například vyhoupnout se na hrazdu a udělat kotoul, já prohrávala na plné čáře. Náš tělocvikář (zároveň pan ředitel) bydlel v našem bloku a byl to tátovo kamarád z dětství.

Takže naši rodinu znal dobře. Otec byl velice fyzicky zdatný, i ve svých čtyřiceti letech dokázal udělat hvězdu několikrát za sebou a proto mu asi nikdy nešlo do hlavy, že my se sestrou jsme takové „antitalentky" ve sportovní výchově. A ještě ke všemu byl náš táta proslulý po vsi svojí srandovní povahou, lidé o něm věděli, že si rád dělá srandu ze všech kolem, hlavně ze své rodiny, a i oni si dělali s chutí srandu z nás, asi proto, že předpokládali, že jsme na to z domova zvyklé. Takže například věděli, že si nás táta posílá do protější hospody pro točené pivo do bandasky. Táta nás s hrdostí v hospodě nazýval rychlými spojkami. Tátu označili za barbara s tím, že zaměstnávat děti, je proti lidskosti. A jelikož my byly barbarovy dcery, nějaký chytrák nás pojmenoval Barbarky. A tak nás začali jednoho dne nazývat všichni jeho kamarádi, když jsme byly malé: „Hele Barbarky, kampak jdete?". A samozřejmě i pan tělocvikář. Oni z toho měli legraci, ale pro nás se sestrou už to tak legrační nebylo, když se nám pro to oslovení ostatní děti smály.

Pan ředitel rád jezdil na kole a mnohdy vymýšlel hodiny tělocviku venku v přírodě. Ale tím stylem, že jsme se sešly třeba dvě třídy před školou už ráno v osm a museli jsme běžet maratón dlouhý deset kilometrů, oběhnout celý nedaleký les a zase se vrátit do školy na vyučování. A tělocvikář za námi jel na kole a popoháněl loudaly na konci (tedy mě a ještě jednu spolužačku). Doma jsme všichni odpadli na pohovky a táta, když nás tenkrát viděl, tak ho to hrozně rozčílilo. Popadl vytahovací metr a někam běžel. Druhý den my vyprávěl jeden známý, že si náš táta byl změřit pana ředitele, prý na rakev :-D a komentoval to prý slovy: „Tak takhle, Bohouši, už teda nikdy, abys mi takhle ruinoval moje pivní spojky, to teda ne." Ač už byli všichni dospělí, chovali se k sobě vždy jako malí kluci, no řekněte sami!

Náš táta měl po vsi mnoho přezdívek a těžko říct, zda si je na sebe vymýšlel sám, nebo měl ještě někdo další v jeho okolí stejně velkou fantasii jako on. Každopádně to vždy stálo za to. Jednou si v létě ve velkém hicu vzal do hospody kraťasy a po hodině se vrátil s dotazem, jak v tom vypadá. Prý ho totiž v hospodě mají za Čápa po obrně. Představa takového ptáka s obrnou je opravdu víc než zajímavá. Kam na to ty lidi chodili...

Bylo to hezké dětství. Protrajdali jsme ho s kamarády venku a byli jsme opravdu svobodní.

Dospívání

Je zajímavé, jak člověk dospívá, začíná vnímat sebe a svět kolem odlišněji, ačkoli vyrůstáme pospolu takřka od narození. Dokonce vnímáme každý jinak i své tělo, své vnitřní já a hlavně děj kolem sebe. Člověk nejdříve dospívá fyzicky a pak díky tíze okolí a díky některým lidem již dříve fyzicky dospělým dospíváme i psychicky i sexuálně. Najednou nám nestačí, že jsme, najednou hledáme někoho k sobě, kdo nám bude oporou a doufáme, že nám s ním bude dobře nejen na duši, ale i na těle. Ale co to vlastně k sobě hledáme?

Hledáme sobě rovného, nebo někoho naprosto odlišného, abychom zaplnili své nedostatky? A proč a co v nás vůbec touží po tom nebýt sám?

Já jsem to neměla vůbec jednoduché. Narodila jsem se na vsi v chudé rodině, vyrůstala jsem v čase před a po revoluci, oba moji rodiče byli nevystudovaní (kvůli tomu, že jejich rodiče odmítali vstup do komunistické strany) a ještě ke všemu všichni moji prarodiče měli problémy s bývalým režimem, a bohužel i po revoluci mezi lidmi zůstávali ti staří kmeti, kteří obhajovali bývalý režim zuby nehty, a na rodiny, jako byla ta naše, si neustále ukazovali prstem, že do jejich společnosti nepatříme.

Naštěstí děti, pokud nejsou doma cepováni rodiči k tomu, s kým si smí a nesmí hrát, žádný politický problém neřeší a na vsi to vždy bylo o velké svobodě – prostě jsme vyběhli ven, hráli jsme si kdekoliv a s kýmkoliv, kdo šel náhodou kolem a i když na nás rodiče neviděli z okna, věřili nám, že se jim vrátíme v pořádku zase domů a všichni jsme byli spokojení.

A jak už jsem se teď zmínila, nejčastěji jsme se vždy navštěvovaly my, děti žijící poblíž sebe, a v našem bloku vsi nás bydlelo docela hodně. Ale je pravda, že i když nikdo neřešil politiku země, každý zaváděl zákony a pořádek u sebe doma, takže málokdy jste si směli hrát s jejich hračkami. Nejvíce srandy jsme si proto vždy užívali venku, neboť tam vždy bylo neutrální území nikoho a každý si mohl dělat, co se mu zlíbilo dle vlastní fantazie. Já a moje sestra jsme měly nejraději syna mamčiny nejlepší kamarádky Standu, který byl o rok mladší než já. Náš táta si přál mít vždy ještě syna a chtěl po nás, abychom mu napomohly mamce v přemlouvání. Ale mamka samozřejmě už další dítě nechtěla, protože oba porody neměla zrovna jednoduché, a tak jsme tenkrát přijaly za brášku právě Standu, který byl jedináček. Na jednu stranu to byl divoch, ale na druhou stranu jsme si s ním užili mnoho legrace a vzpomínám na něj do dnes jen v dobrém, jelikož i díky němu nám naše dětství hezky a příjemně uteklo až do dospělosti.

Pamatuji si, jak k nám jednou ve večerních hodinách přišla Standova mamka a přinesla nám, mně a sestře, omalovánky a pastelky. Plakala, a děkovala nám, že se kamarádíme s jejím synem. Nevěděly jsme, proč nám to říká a ještě u toho pláče, ale pak nám mamka vysvětlila, že Standa má cukrovku a mnoho dětí si s ním nechce zřejmě kvůli tomu hrát. V té době jsme ani nepostřehly, že by byl jiný, než kterýkoliv jiný náš kamarád, natož co to cukrovka vlastně je, tak si myslím, že jsme pouze tuto informaci zaregistrovaly, ale nedělaly rozdíly mezi ním a jinými dětmi. Ale je pravda, že on byl jediný v mém okolí, který musel dostávat injekce, neustále si kontrolovat krev tím, že si nastřelil jehlou prst, a když měl vysoký obsah cukru v těle, musel jít okamžitě jezdit na kole kolem domu či běhat, ať už byla venku tma nebo ne. A také si vlastně vzpomínám, že neustále musel jako malý čůrat na takové plastové proužky, ale jako malý z toho měl ohromnou legraci a mnohdy při tom počůral z legrace i nás, když jsme náhodou šly kolem či jely třeba na kole. Prostě to byl malý rarášek. Ale jinak si myslím, že ve všech těch jeho rošťárnách, co dělal, byl naprosto stejný jako každý jiný kluk.

Se Standou jsme trávili opravdu mnoho času, od raného dětství, kdy mě neustále chtěl líbat (sestra ho vždy navedla, že to musí udělat a mnohdy nás spolu někam samotné zavírala a nepustila ven, dokud jsem si od něj nenechala dát pusu. Jenže já samozřejmě nechtěla, protože Standa jako kluk si opravdu liboval ve hraní si například s hlínou apod. a už jen to, že byl věčně špinavý, mě odpuzovalo), až po dospělost, kdy jsme spolu rozebírali naše první lásky. Nikdy nezapomenu, jak jsme si u nich doma společně jako děti vařili langoše k večeři a hráli Sázky a dostihy. Takže Standa byl můj kamarád z raného dětství a ještě se o něm zmíním.

Pak jsem ve školce potkala Kristýnu. Tím, že jsme se jmenovaly stejně, vždy když paní vychovatelka zavolala toto jméno, jsme na něj pochopitelně zareagovaly obě. Takže jsme na sebe upoutaly pozornost a vychovatelky se vždy snažily každou z nás pojmenovávat jinou zkratkou, aby nám bylo jasné, se kterou Kristýnou momentálně chtějí mluvit.

A pak jsme se po prázdninách spolu setkaly v první třídě a měly jsme úplnou náhodou obě stejnou školní aktovku – červenou s černými puntíky a omyly s naším jménem stále pokračovaly. A tak jsme se staly kamarádkami i mimo školu. Kristý trávila den po škole u babičky, protože její mamka byla v práci, a já jsem za ní vždy chodila a též jsme si spolu užily nezapomenutelné chvilky. U její babičky jsme si hrály většinou na zahradě a pokud nebyla u babičky, byla na sídlišti u taťky, kde jsme si hrály často s klukama, všechny hry stejně, bez rozdílu pohlaví a pravidla vždy byla pro všechny stejná. Například jsme lezli po stromech a nikdy jsme neřešili, že daná zábava není zrovna vhodná pro holky či jiná zase pro kluky. Brodili jsme se bahnem, prolézaly potoky, šachty, staré kasárny... a svět řekla bych, byl pro nás naprosto bez starostí. Jediný, s kým jsme si odmítaly hrát, byl její mladší bráška, který chudák za námi neustále běhal a též se chtěl zapojit do našich her. Ale holt asi platilo co je v domě není pro mě, a tak se malý Roman nakonec vždy stával pouze naším stínem a tématem našich zábav, jako bylo třeba vymýšlení srandovních písní s jeho jménem. Například o tom, že sedí na větvičce a prdí jako po zelňačce.

S Kristý mi bylo fajn, ale stejně tak jako já i ona měla jiné přátele, se kterými se scházela a nevídaly jsme se každý den. A mnohokrát se stalo, že ve škole, když holky hrály hru na „Dnes se nebudem bavit s tím a s tím", též se do ní zapojila i proti mně, a to mě vždy hodně ranilo a osobně na smysl této „hry" dodnes nemohu přijít, i když se provozuje i dnes, a to už je to skoro 30 let...

Až do čtvrté třídy jsem snad ani neřešila, že je nějaký rozdíl mezi holkama a klukama a bylo to možná také tím, že jsem se nikdy ani jako malá neoblíkala do princeznovských šatů, jako to dělaly jiné holky. Ráno jsem vstala, oblékla jsem na sebe, co jsem zrovna uznala za vhodné a běžela do školy. Také snad proto se mnohokrát stalo, že mě mamina hned ještě u dveří do dětského pokoje otočila zpět ke skříni, ať si jdu obléknout něco jiného, protože jsem podle jejích slov vypadala jako hastroš. □

V páté třídě se to vše začalo tak nějak měnit. Holky si začaly ve škole povídat o klukách a zpívat písničky s texty o lásce. Proto asi není divu, že když jsem přišla s tím, že jsem vymyslela pohádku o pejskovi, nikoho to nezajímalo. Od šesté třídy jsem začala navštěvovat školu v Plzni. A i když tam se mnou přešla i Kristýna, byly jsme si v té době už skoro cizí, jelikož v páté třídě se její mamka rozhodla přestěhovat se s novým přítelem do Dobřan a my jsme se dlouhou dobu neviděly. Když jsem za ní jednou potají přijela autobusem na návštěvu, měla jsem pocit, jako kdybych navštívila cizí holku. Je pravda, že jsme si spolu hodně povídaly, ale ukazovala mi svoji novou sousedku a říkala mi o ní, jaké jsou spolu dobré kamarádky a jak se jí moc líbí v novém městě. Ale po menší odluce jsme se opět setkaly v jedné třídě …

A já se najednou ocitla ve městě! Každý den jsem musela jezdit autobusem a pak přestoupit na tramvaj… Já, holka z vesnice, kde jsme takovéhle věci neznali a kde si nás skoro nikdo nevšiml… Byla jsem tenkrát hubená jako lunt, měla jsem dlouhé hnědé vlasy a do toho v kontrastu modré oči… Dle zájmů kluků jsem byla pro ně asi zajímavá, ale můj vkus ohledně oblíkání byl stále na nule. Na vesnici jsme nikdo neřešili, co máme právě na sobě, jenže pro dospívající dívku, která právě zjistila, že se z ní stává žena, byly fialové manšestrové kalhoty z druhé ruky opravdu nevhodné. Tenkrát jsem to moc prožívala, jelikož všichni měli krásné jeansy a já jsem chodila ve starém oblečení, které nepůsobilo žensky ani náhodou.

U nás na vsi měla mamka jednu známou, asi to byla její bývalá spolužačka, a ta měla u nich ve dvoře velký secondhand. Mnohdy jsme tam chodili hledat nějaké hezké oblečení, ale jelikož tam chodila celá ves, vše už bývalo přebrané. Styděla jsem se za to, že nosíme oblečení po někom, ale sama dnes vím, že to není nic špatného a co se týče oblečení pro děti – opravdu někdy nemá cenu kupovat nové oblečení, když děti rostou rychle, či se z každé procházky vracejí s dírou na koleni. A asi tak nějak podobně to dnes prožívá i můj syn. Holt člověk musí dospět, aby pochopil, proč a za jakým účelem nám něco z našeho pohledu tehdy nehezkého dělali naše rodiče…

Ve městě šlo všechno snad desetkrát rychleji než u nás na vsi. Najednou bylo po dětství. Nikdo už si nenosil do školy své oblíbené hračky, ti malí dospělí kolem mě si najednou povídali o tom, kdo s kým chodí, chodil, … kde byli viděni, co dělali, … každý jako důkaz hrdinství nad autoritou učitelů chodil tajně kouřit na záchod, po škole si někteří kupovali dokonce i alkohol – a zřejmě ve svých očích jako hrdinové vítězili nad zákazy dospělých. Scházeli se na pijáckých seancích hned po zazvonění, kdy končila škola, v podchodech či ve stromoví mezi sídlištními bloky.

Byl to pro mě opravdu šok.

Byla jsem zvyklá mít samé jedničky, hlavně z matematiky, ale najednou jsme se učili věci, které jsme si ani pořádně nestihli vysvětlit. Mnoho dětí mělo ještě od rodičů zaplacené doučování, ale copak já jsem mohla? A pak na mě koukali všichni jako na exota, že jsem tomu do druhého dne ještě nestihla porozumět. Do té třídy jsem prostě nezapadla, i když si myslím, že s vědomostmi ohledně matematiky na tom nejsem vůbec špatně. A k tomu, abych v té třídě i nadále vytrvala, mi nepomohla ani přítomnost mé známé Kristýny. Prostě jsme už v té době nabraly každá jiný směr a měly jsme jiné vyhlídky do života. Takže pokud jsme šly někdy ven, vždy to bylo ještě s někým dalším, ale i když jsem ji měla moc ráda, cítila jsem, že jsme si s našimi názory hodně vzdálené. A já jsem se už nechtěla bavit stejně jako ona. Prostě jsem to nedokázala. Měla jsem ji ráda, ale pochopila jsem, že čím jsme starší, tím máme každá jiné zájmy. A tak jsme se staly obyčejnými spolužačkami, ale s hezkými vzpomínkami na společné dětství, které si ráda uchovám v srdci navždy a do dnes jsem vděčná, když o ní slyším samé hezké zprávy, jak se jí v životě daří a má se fajn.

Kvůli všem těm záporům, které mi matematicky zaměřená třída přinesla, jsem raději přestoupila do sedmé třídy jinam. Byla to stejná škola, jen jiná třída. Jenže tam to bylo s dospíváním snad ještě daleko rychlejší než v té šesté třídě. Tam jsem pochopila, že s fialovým hranatým deštníkem se včelkami a s batohem s Barbie opravdu díru do světa neudělám, natož abych si zajistila nějakou úctu. Ba spíše naopak. Proto mi mamka jednoho dne dala peníze, ať si koupím tedy tašku do školy podle sebe, a já jsem si ve vietnamské tržnici koupila sportovní tašku se znakem Pepsi, která tedy opravdu nebyla pohodlná na nošení, ale chtěla jsem být in, když se to tenkrát tak nosilo. Bohužel to nosili převážně kluci, holky už začínaly pomalu chodit do školy s kabelkami.

Mé snahy zapadnout do kolektivu s mým (ne)vkusem byly občas opravdu zajímavé.

Ale každopádně všechny pořád nejvíc zajímalo, jestli už s někým chodím, zda kouřím... A učení? Ten, kdo se chtěl při hodinách něco o probíraném tématu dozvědět, neměl sebemenší možnost ani šanci, jelikož se vždy při hodině našel nějaký hrdina, který si nechal vynadat za drzost a hlučnost i za tu cenu, že schytal poznámku v žákovské knížce. Pokud jste studovali doma a připravovali se na test, který jste zvládli za lépe než za tři, okamžitě do vás okolí strkalo, že jste šprt a to nikdo dospívající rád neslyší. A tak jsem chtíc nechtíc postupně podlehla okolí a jejich názorům, že to co dělají oni, je vlastně dobré i pro mě, a převzala jsem jejich pravdu o tom, že není normální se ve škole učit a být tím nejlepším studentem – v naší třídě byl hrdina ten, kterému jen tak tak o vlásek uniklo propadnutí... Přesvědčili mě, že též musím kouřit, protože každý dospělý přece kouří, a tak jsme se tajně scházeli každé ráno v křoví kousek od školy a společně jsme hrdinně kouřili jednu cigaretu. Poté jsme se maskovali žvýkačkami a jinými mentolovými osvěžovači dechu, ale myslím si, že žádnému z dospělých, kterého jsme po odchodu z křoví měli tu čest potkat, jsme nemohli prostě nalhat, že jsme tam nekouřili, když z nás a našeho oblečení byl kouř cítit na míle daleko. Náš třídní učitel si dokonce za naše třídní peníze kupoval na svoji učitelskou katedru pohlcovače pachu, jelikož ten smrad prostě nemohl jako zatvrzelý nekuřák ustát....

Další věc, kterou mi vštípili do hlavy, bylo, že každý musí s někým chodit a kdo s nikým nechodí, je divný. Ale já jsem nechtěla chodit přece jen tak s někým. Vždy, když jsem pomyslela na to, že si musím najít kluka, chtěla jsem, abych s ním byla až do konce života. Ale takhle to přece na základní škole nefunguje... Pro všechny to byla sice hezká myšlenka, princ na bílém koni, ale kluci lovili holky jen proto, aby se mezi ostatními mohli chlubit, s kolika holkama už stihli chodit, a holky zase lovily jen ty nejkrásnější z nejkrásnějších, aby ho pak po případném rozchodu, z jejich strany samozřejmě, mohly s ostatními pomlouvat, že není zase tak dokonalý, jak na první pohled vypadá a podobně.

Život mě naučil, že láska má mnoho podob a dvě nejzákladnější jsou fyzická a psychická. A samozřejmě pokud se spojí tyto dvě lásky v jeden celek, je to nejdokonalejší láska na světě. Jenže podle kterých kritériích milujeme? Jako děti milujeme své rodiče, ať už jsou krásní nebo ne, milujeme své babičky a dědečky, ať už mají vrásky nebo ne... milujeme všechny, se kterými se cítíme dobře. Jenže proč najednou přijde dospívání a mozek si začne vybírat jen fyzickou lásku – chtíč? Nikdy mi tohle nepřišlo fér, ale tenkrát jsem byla ovlivněná lidmi kolem sebe a neustále jsem slýchala, jak je kdo krásný – má krásné vlasy, oči, tělo, ... Ale nikdo neřekl, že se třeba hezky chová. Ne. Tenkrát se milovalo očima, protože když jste ulovili toho nejhezčího kluka ze školy, tak teprve pak jste si o sobě mohla myslet, jak jste dokonalá... Kluci s menším sebevědomím o sobě vždy víc a víc pochybovali a šanci dostávali pouze ti nejvíce výřeční alfa samci, což je asi prostě výmysl přírody, že nejsilnější samec má vždy přednost v pokračování svého rodu před slabším jedincem. A v takovém případě už se nerozhodujete sami, s kým budete chodit. Nejdříve se rozhodujete, co na to řekne vaše kamarádka, až se to dozví, a tak se z chození stávala zábava. Kluci nám neustále při hodinách posílali tajné dopísky, kde se nás ptali, zda s nima budeme chodit. Byla to hra, nic jiného jsem v tom neviděla. Občas to byla zábava, odepsat třem klukům ano, ale nikdy s nikým nikam nejít, jen si povídat o přestávce na chodbě, či si dopisovat při hodině. Ale v době, kdy mládeži vládl časopis Bravo s jeho výkřiky, jste museli být občas úplně na dně a deprimovaní. Hlavně já. Holka ze vsi, kde téma sex bylo tabu, a najednou jsem se dostala do takové divočiny, kde ve škole na hodině rodinné výuky nám paní učitelka pustila porno a sama si šla zakouřit na chodbu cigaretu... Pamatuji si to dodnes, jak kluci křičeli nadšením „Tak už jí ho tam strč" a :Kdy už to konečně přijde"... Byla jsem červená jako rak, jelikož takovýhle film mě dokonale zmátl v tom, co vlastně hledají kluci?

Po skončení tohoto porno dokumentu se jeden klučina dokonce zvedl z lavice a šel si zakouřit na chodbu s paní učitelkou. Byl to prostě výsměch. Ale paní učitelka ho nechala, a ohledně celého filmu pouze konstatovala, že bohužel podle nových směrnic nám jej musela pustit.

Co hledám já, jsem věděla, ale po zhlédnutí tohoto filmu jsem byla opravdu v rozpacích, zda kluci hledají lásku duševní nebo si chtějí jen co nejrychleji užít? Každý den byl pro mě víc a víc frustrující, hlavně v tom směru, že jsem byla pod tlakem někoho si rychle najít a na druhou stranu jsem nechtěla ve svém věku dělat věci, které nám byly tenkrát v sedmé třídě naservírovány...

Měli jsme třídu plnou puberťáků – sedm holek a dvacet kluků. Holky, kterým narostly rychleji prsa, byly neustále osahávány a já jsem byla vždy červená až na zadku, když jsem tomu musela přihlížet a doufala jsem, že mně prsa snad vůbec nikdy nevyrostou. A když začaly, snažila jsem se je všemožně zakrýt vytahanýma tričkama, ale stejně mi to bylo houby platné. Kluci se naučili jedním chmatem nám rozepínat podprsenky. Asi doma trénovali na maminčiných. Ale naštěstí na mě nikdy nehmatali. Ale mou kamarádku obdařenou bujným poprsím vždy nahnali do kouta a chtě nechtě ji osahávali. Ale upřímně, těžko říct, zda jí to lichotilo či uráželo, jelikož byla mírně při těle a jinak než tímto způsobem o ni kluci zájem nejevili. Já jsem se jim naštěstí vždy ubránila, a nějaké to rychlé plácnutí po zadku sem tam jsem jim vždy pohotově vrátila fackou.

Kluci byli jako zvěř. Je pravda, že na nás nebyli zlí, ale svoje činy vždy maskovali nejapnými vtipy. A samozřejmě jako v každé třídě, vždy někomu něco vzali a házeli si s tím po třídě, měli srandu, že dotyčný běhá po celé třídě a snaží se dostat svou věc zpátky. A tenkrát jsem poznala Petra. Byl to úplně jiný člověk než všichni ostatní. Nikdy se do okolní zábavy nezapojoval a občas jsme si spolu i povídali venku před školou, hezky a hlavně o normálních věcech. Žil si ve svém světě a možná proto byl pro mě vždy takovou malou záhadou, kterou mě lákalo prozkoumat... Každopádně jak už jsem řekla, do zábav konaných ostatními se nezapojoval. A jednoho dne ani nevím proč mi začal pomáhat, například když mi vzali bačkoru a dostala se do jeho blízkosti, sebral ji ze země a odnesl mi ji. A bylo mu úplně jedno, že kolem něj ostatní skandovali, aby mi ji hodil například z okna ven. On jako by je neslyšel, a vždy mi pomohl ustát pro mě ty trapné situace... Stal se pro mě takovou třídní oporou a věděla jsem, že když budu něco potřebovat a kluci zase dostanou chuť dokazovat holkám, že oni jsou tu páni, on je nenechá ponižovat mě. A bylo to fajn, protože vždy, když mi někdo chtěl něco vzít, přišel a řekl: „Ne, to je Kristýny" a nebo když jsme hráli při tělocviku floorball, vždy si mě vybral do týmu, dal do brány a pak mě ještě společně s jeho spolusedícím Pepou chránili, protože Kristýně se přece nesmí nic stát. Byl to můj opravdu dobrý kamarád a moc ráda na něj vzpomínám...

Po škole jsme chodili spolu občas i ven na procházky a celou dobu si povídali o životě. Bylo to vždy zajímavé. Nebo jsme společně s jeho nějakým kamarádem chodili bruslit v zimě na rybník u nich za panelákem.

Jednou s námi šel jeho bratránek, který tenkrát chodil už do deváté třídy. Byl to takový kecal. Pořád si vymýšlel a dělal ze všeho srandu. Pamatuji si, že tenkrát celou dobu, co jsme byli venku, povídal o tom, že ho nějaká holka pozvala k sobě domů, ale on tam nemůže jít, protože by se společensky znemožnil, jelikož ještě nikdy s žádnou holkou nic neměl. Celou dobu se mě venku ptal, zda nevím o nějaké kamarádce, která by si to s ním nejdřív nacvičila, až nakonec když mě šli s Petrem doprovodit na tramvaj, zeptal se mě, zda bych tedy jako nemohla já, když nikde žádná holka není. Věděla jsem, že si dělá jen srandu a že by na mě nikdy v životě nesáhl, a tak jsem mu ze srandy řekla, že teda jo, ale že se musíme někam schovat. Pohotově mě odvedl za budku na konečné, a tam kolem mě běhal do kolečka a křičel: „Tak se svleč! Tak se svleč!" až tam přišel Petr a řekl, ať mě to prase nechá na pokoji. „Aaaah, tak zase nic!" vzdychl si a já raději odjela tramvají pryč.

Petr byl první kluk, se kterým jsem se poprvé v životě cítila opravdu dobře. A možná proto jsem se do něj tak trochu zamilovala. Ne do toho, jak vypadal, ale jaký byl uvnitř.

Jenže on si našel jinou dívku, o rok mladší, a jednoho dne mi ji byl o školní přestávce představit. Byla to pro mě obrovská rána, poslouchat ho, jak mi o ní vypráví, jak je skvělá, nádherná, a jak ji z celého srdce miluje. V té chvíli jsem myslela, že pro mě skončil svět... Ale i přesto, že s ní chodil už několik měsíců, chodil po škole se mnou ven jako vždy a vždy jsme si spolu hezky povídali a užívali zábavy, akorát s tím rozdílem, že najednou do našeho hovoru vstoupilo jméno Bára... Bára a problémy s jejím tátou, který ji nechtěl s Petrem pouštět ven, její dětské chování, které mu na ní vadilo atd... Pořád jsem tak nějak v hloubi duše vyčkávala, kdy mi řekne, že se s Barčou rozešel kvůli mně, ale nikdy jsem se toho nedočkala.

Až poslední den školy v deváté třídě, kdy jsme se měli rozletět do středních škol a učilišť, si přinesl do školy nůž a chtěl se podřezat. Bára se s ním to ráno před školou rozešla a on si chtěl vzít život. Tenkrát jsem mu to naštěstí rozmluvila. Honila jsem ho po chodbě školy a snažila jsem se mu ten nůž vzít z ruky. Ostatní kluci od nás ze třídy na mě ze dveří řvali, ať toho blázna nechám, ať se třeba zabije, jenže copak jsem mohla nechat se zabít někoho, kdo mi v životě už tolikrát pomohl? Ne, to bych si nikdy neodpustila...

Sice jsem to schytala krvavým flekem na tričku, ale Petr žil a slíbil, že večer přijde na rozlučák, na který původně vůbec jít nechtěl, protože kromě mě si ve třídě s nikým jiným nerozuměl.

Petr byl z takzvané rozvrácené rodiny. Jeho rodiče se rozvedli, když byl ještě malý kluk a jeho otec je měl údajně s mamkou bít. V době, kdy jsme se spolu přátelili, měla jeho mamka nového přítele a měli spolu syna. Ale podle toho, jak se k nim Petr choval, jsem pochopila, že tuhle novou rodinu moc neuznává, pravděpodobně neměl rád svého nového otce, i když ten se mně vždy jevil jako velký sympaťák a očividně s ním jeho mamka byla moc šťastná. Petrova mamka na něj vždy mluvila vlídně, ale je pravda, že on se o své rodině nikdy nesvěřoval, tak nemohu soudit, jak to u nich doma doopravdy bylo.

Ve škole na něj neustále pohlíželi jako na dítě, které je poznamenané právě tím, co si zažíval jako chlapec doma. Ale upřímně nevím, zda byl více poznamenán tím, co si doma prožil. či tím, že to neustále slýchal ze svého okolí, obzvláště od učitelů. Každou jeho odlišnost, byť to bylo jen sezení při hodinách bez jakéhokoliv projevu, komentovali slovy :„No jo, když ten kluk si toho tolik chudák prožil!" a to ho podle mě bolelo víc, než jeho skutečná minulost.

Ač se zdál být introvertem, vždy když jsme my dva spolu mluvili sami, byl hodně výřečný, upřímný, milý a zábavný. Ve třídě ho měli za podivína, jelikož se nechoval nikdy jako puberťák. Seděl tiše a do žádných aktivit se nezapojoval. Narodil se ve znamení Panny a toto znamení na něj sedí svou povahou naprosto a opravdu dokonale...

Často jsme si spolu o hodinách dopisovali a vždy jsme rozebírali život. Já vím, že ho něco moc zranilo, ale i přesto byl velmi silná osobnost a pořád jsem měla pocit, že mu mohu nějak pomoci a že on mě, ač ne přímo, o pomoc žádá. Byl to první člověk, který mi dal tu možnost nahlédnout do svého nitra, aniž by se za něco skrýval. A časem se ze psaní tajných zpráv během hodin ve škole staly dopisy na doma. Pamatuji si, že i když chodil s Bárou, vždy mi donesl napsaný dopis ze včerejší noci, a i když se tam psalo o tom, jak ji strašně miluje a trápí se kvůli tomu, byla jsem mu za ty dopisy moc vděčná, jelikož jsem ještě od nikoho nečetla tolik upřímnosti o sobě samém a moc jsem si jeho důvěry vážila.

Miloval německou skupinu Rammstein – ano, bylo to hlavně jako důkaz protestu a nesouhlasu s okolím. Já to moc dobře vím... Neměl rád, když mu někdo nutil svou víru v Boha, jelikož on už od sedmé třídy měl v hlavě jasno o tom, jak vesmír a vůbec celý život funguje. A proto šel tak říkajíc proti proudu. Měla jsem takovýchto přátel více, například má kamarádka Hanka uznávala životní styl hippies. Ale bohužel byla tím tak posedlá a ke všemu byla až moc hodná a důvěřivá, že ji kluci jen využívali. Ale to jen tak na okraj. Lidé s odlišnými názory, kteří se nebáli jít vždy jinou cestou, mě prostě vždy nevědomky lákali a život mi je vždy stavěl a stále staví do cesty... Jednou jsem četla na internetu zajímavou vědeckou studii, že si nevědomky naše DNA vybírá z davů lidí právě ty, kteří se nám podobají nejvíce, takže si lidi, které potřebujeme, k sobě opravdu přitahujeme a mnohdy o tom ani nevíme.

A tak se s Petrem stalo jednou to, že i když se učil ve škole angličtinu, začal se sám doma učit němčinu, jelikož ho strašně zajímalo, o čem vlastně zpívá jeho nejoblíbenější hudební skupina. Vždy mi ještě ten syrový, zatepla přeložený text stihl přepsat do dopisu a pak byl celý nedočkavý, co mu na jeho překlad řeknu. Upřímně ani nevím, zda to tak opravdu zpívají, jak to překládal, ale byl v psaní opravdu moc dobrý. Musím říct, že po každém dalším novém překladu se zlepšoval, až začal psát smysluplné příběhy a při vzpomínce na ně mi jde mráz po zádech ještě dnes, 15 let poté.

Později začal sám psát vlastní poezii a po 15ti letech mi napsal do chatu na jedné sociální síti, že mi za to moc děkuje a že díky mně začal takhle psát. A přitom děkuji já jemu za to, že mně dal nahlédnout do svého nitra a pochopit jeho vnímání světa, jiné než mají všichni kolem...

Pamatuji si, jak se mnou jednou jel domů večerním busem, byla už tma a on šlapal v zimě 5km do vedlejší vsi, aby mohl jet též domů. Jel se mnou jen proto, abych si cestou přečetla jeho nově napsanou báseň pro Barču a hned chtěl vědět můj názor, zda jí to může zítra dát. Děkuji mu za všechny ty jeho ztřeštěné nápady a budu na něj vždy vzpomínat v dobrém...

Petr na rozlučák opravdu nakonec po dlouhém váhání přišel, ale prý jen kvůli mně. Přinesl mi zprávu, že se zase dal s Bárou dohromady. Poseděl tam s námi dvě hodiny a pak se se mnou rozloučil slovy, ať se mi v životě daří… V hloubi duše jsem věděla, že tohle jednou asi musí přijít, ale tenkrát jsem ještě nechápala, proč zrovna v tu chvíli, když jsme si byli spolu tak blízko. Nechtěla jsem ho pustit, ale i přes všechny mé slzy a prosby odešel. A jen tak pro upřesnění, v době mé základní školy jsme ještě nikdo neměli mobilní telefony, takže veškerá komunikace musela probíhat přes poštu. A o to to všechno bylo horší..

Petra jsem neviděla po rozlučáku opravdu dlouho. Udělala jsem přijímací zkoušky na střední zdravotnickou školu v Plzni a on měl jít na stavební učiliště, které bylo úplně na druhé straně města, takže ani nehrozilo, že bychom se mohli někde potkat. Leda nějakou náhodou. Z naší třídy jsem se vlastně už neviděla skoro s nikým. Tak nějak, jak už to tak asi bývá, jsme se všichni rozlétli do všech stran a málokdo šel na stejnou školu. Ze všech deváťáků od nás ze školy jsem snad byla jediný člověk, který šel na zdrávku.

O prázdninách jsem se seznámila s jedním Tomášem z Prahy, který trávil volno u své babičky v Plzni. Byl to moc hodný a sympatický kluk, ale bohužel jsem po pár společně proranděných dnech zjistila, že k němu nic necítím, alespoň ne to, co jsem v partnerském vztahu chtěla. Úplnou náhodou si Standa, náš malý bratříček, kamarád z dětství, též našel holčinu, a stejně jako můj partner Tomáš, i ona byla starší než on, a tak se stalo, že oba dva za námi jezdili do Líní busem na rande. Standa mi vždy, než přijela Monika, vyprávěl, jak je do ní zamilovaný a občas jsme šli všichni společně ven. Poté většinou ti dva zase odjížděli stejnými busy zpět do Plzně. A když už jsem se rozhodla, že to s Tomášem prostě musím ukončit, abych nám nestála oběma v rozvoji a rozhledu, nevěděla jsem, že ten samý den se rozešla Monika se Standou. Tomáš v první chvíli nechápal, co to ode mě slyší, že se s ním rozcházím, ale nakonec to přijal. Rozešli jsme se a doufám, že v dobrém. Bohužel to samé se nedalo říct o Standovi... když jsme se kolem páté všichni potkali u busu a Tomáš s Monikou spolu nastoupili do autobusu, Standa se hrozně rozbrečel a konečně mi řekl, co se s jeho vztahem s Monikou stalo. Když jsem mu řekla, že já se též rozešla s Tomášem, hrozně se na mě rozčílil a řekl mi, že se s ním určitě rozešla kvůli tomu, že se zamilovala do Tomáše díky tomu, jak spolu neustále jezdili společně domů. Upřímně nevím, zda ti dva to nakonec dali dohromady, ale pokud ano, alespoň si měli o čem povídat a nač vzpomínat společně. Ale Standa byl na mě opravdu naštvaný.

O Tomášovi už jsem v životě nic neslyšela. A je to hlavně tím, že jsem tenkrát ještě neměla mobil, ani pevnou linku doma, proto opravdu jakákoliv komunikace byla prostě nereálná, když jsme nebydleli ve stejném městě...

Petr rozchod s Monikou opravdu neustál. Každý den jí volal, brečel a snažil se ji přesvědčit, že ji miluje a ať se s ním nerozchází. Vídali jsme se spolu do té doby často, ale zrovna v tom období méně, protože chudák brečel od rána do večera a venku se mu nechtělo o ničem mluvit. Pak nastalo týdenní ticho, kdy ani pod naším oknem nezapískal, ať jdeme ven, a já jsem měla pocit, že za ním musím jít a zkusit ho vytáhnout z jejich domu. Od dětství jsme spolu řešili úplně vše a tohle nezvyklé ticho bylo opravdu zvláštní. Přišla jsem k jejich domu, zazvonila, ale nikdo neotvíral. Věděla jsem, že je doma, ale i když bylo okno jejich obýváku dokořán, nikdo se neozýval. Po chvilce jsem slyšela, že tam má zapnutou muziku, a tak jsem si otevřela sama vrátka a šla za ním dovnitř. Seděl na posteli, z počítače mu hrála smutná písnička, oči měl uplakané, v puse měl hlaveň od vzduchovky, prst na spoušti, a váhal, zda to zmáčknout nebo ne. Vyndala jsem mu ji a strašně mu tenkrát vynadala. Vytáhla jsem ho z té tmy ven na čerstvý vzduch a myslela, že už to bude dobré, jelikož když jsme se spolu večer v sedm loučili, usmíval se a říkal, že už to dobré bude. Jenže nebylo. On se mi k tomu sice nikdy osobně nepřiznal, ale po letech mi jeho bývalý spolužák pověděl, že snad ještě tentýž den chtěl spáchat sebevraždu skokem ze střechy paneláku. Ale nakonec to neudělal a doufám, že už to nikdy ani nezopakuje.

Poté naše mamky za našimi zády spekulovaly o tom, že Standa je na starší holky a že se asi zamiloval do mě. Jenže i kdyby to byla pravda, já osobně jsem si nikdy nechtěla zkazit to hezké přátelství s ním. Znám ho od malého prcka až po dobu, kdy mu vyrašily první chlupy na těle, mnohdy se před námi promenádoval v létě jen v trenkách, v dětství i bez, ale vždy pro nás, mě a sestru, zůstane naším malým bráškou. Standa se nikdy nevyjadřoval o nějakých hlubokých citech ke mně a randil s jinýma holkama a i když je pravda, že jsme spolu trávili hodně času, byli jsme jeden pro druhého jako vrba. Zažila jsem si s ním mnoho krásného, mnoho srandy, hlavně v dětství. I když se se mnou z nepochopitelných důvodů přestal po mém odjezdu do Anglie bavit, vzpomínám na něj v dobrém a vždy bude mít v mých vzpomínkách, hlavně na dětská léta, místo mezi prvníma a těma nejlepšíma.

Hlad

Seděla a přes vlnící se stromy se na ni díval leklý rybník, který odrážel paprsky světla do jejích slz. Její kolo odpočívalo v písku, který jí házel do všech stran, když se s ním kola snažila zkřížit. Padal jí do očí a rybník kolem tiše skládal symfonii o dvou labutích, které si na břehu zaplétaly krky okolo sebe.

Jezdila na kole, protože chtěla shodit ta nadbytečná kila z čokolády, která kdysi proudila den co den z jeho úst. Jezdila do míst, odkud viděla jeho hluboké zářící oči, které si sebou domů odnesly všechnu její energii. A najednou už nebylo co jíst. Byl tu jen hlad...

Když najela na písek, sjížděla z cest. Ale jí to nevadilo. Kolem bylo mnoho rozcestí a ona sama ani nevěděla, kam vedou a kam jede. Slábla. Vítr šel proti

lesku jejího úsměvu, když se snažila jet domů, ke svému psacímu stroji, aby mohla plakat.
Jezdila tam, odkud viděla na jeho radost. Jezdila tam, jenom aby se ujistila, že cukrovar už nevaří, že je zase sama...

Řekni mi mami, jak se správně jede,
řekni mi, mami, kam jen ten svět spěje...
Jak se správně brečí,
když se v trávě klečí?
Řekni mi mami, kam to vlastně jedu?
Řekni mi, mami, kam, ať si cestu nepopletu...

A tak jela. Na rozcestí – kam se dát? Ani o jedné z těch cest nevěděla, kam doopravdy vedou. Všude samé kamení a ani ty brzdy nefungovaly tak, jak měly. A ani ty oči, plné písku, nestíhaly sledovat, co za trasu se rýsuje pod koly.

Chvíli do kopce a pak z něj. Stále to stereotypní kličkování. Nepoznala tu cestu, cestu, po které předtím kráčela s ním. A to jen proto, že jí sjížděla opačně, odzadu dopředu. Kolem si vítr ujasňoval své velení nad nehybnou, umírající přírodou a stále nezapadající slunce jí chladilo spálená záda.

A pak byla u potůčku. U zábradlí, pod kterým ležel nedýchající lán vody, vedoucí odněkud někam. Viděla na jeho okna, odkud kdysi proudila všechna ta nasládlost dnů a moc dobře věděla, že je zase sama...

Řekni mi mami, jak se správně jede,
řekni mi, mami, kam jen ten svět spěje...
Jak se správně brečí,

když se v trávě brečí.
Řekni mi, mami, kam to vlastně jedu?
Řekni mi, mami, kam? Ať si cestu nepopletu...

A i když mělo být venku hezky, jak napsal její spolužák, vítr jí chladem rozdráždil spálenou kůži a to slunce ne a ne zapadat. Seděla u skládky. Na místě, kde si někdo zařizoval načerno byt. Jen na stěny zapomněl. Kolem hejna racků padala do hlubin polí a vítr špital tajemství receptu na čokoládu.
Seděla a moc dobře věděla, že už nemá ani sílu dojet zpět, zpátky domů. Sednout si k psacímu stroji a prsty se vyplakat. Věděla, že on už zraky od okna odvrátil a skla mu zabarvila lež a zapomnění. Že stále, každou minutou, je cesta domů delší a delší...
Seděla u zábradlí. Neměla už ani sílu vrátit se alespoň na tu cestu, plnou kamenů a hrbolů od projíždějících traktorů. Věděla, že tam někde v dálce ztratila své křídla, tu touhu umět létat a smát se, jako racci, že i ta životodárná tekutina nežije a on, on o tom všem snad ani neví.
Přesto sedla na kolo a jela...

Těžko se jede, tak pomoz mi, mami!
Kam ten svět spěje? Pomoz s bolístkami!!
Jak se dostat zpět?
Jak překonat trpkost cest?
Řekni mi mami, proč k němu ten vítr vane,
Řekni mi mami, kam jen mě ta cesta svede...

A tak jela. Vítr jí utíral obličej klauna a nohy slábly. Hlad byl stále větší, ten hlad v duši, a energie ubývala.

Písek jí házel na travnaté lemování těch povalujících se kamenů ve stopách traktorů a vítr byl proti ní, když se snažila dostat domů. A stále měla v sobě tu spoustu přebytečných kil, která ne a ne se vyčerpat. Jediné, co jí dodávalo sílu, bylo vědět, že venku je doopravdy krásně. A to i přes to, že to slunce ne a ne zapadnout...

Hlasitě usrkávala do sebe ty zbytky odpadávajícího obličeje a všechen ten bol do vlnících se stromů, do rytmu ležící vody, kde rybáři hlasitě toužili po tichu. A bylo jasné, že je a zase bude jen sama...

Těžko se jede, tak pomoz mi mami!
Kam ten svět spěje? Pomoz s bolístkami...
Jak se dostat zpět?
Jak překonat trpkost cest?
Řekni mi mami, proč k němu ten vítr vane?
Řekni mi mami, proč mě ten svět jen bere...

A pak už ani nejela. Nemohla. Vítr jí do těla vtěsnal chlad vycházející z očí jeho okna. Nemohla. Díky těm poletujícím, chechotajícím se rackům, mrtvému potoku a skládce v poli, odkud se snažila jet zpátky domů, k sobě domů, ke svému psacímu stroji a psát...

Utřela si obličej do rukávu a snažila se alespoň jít. Ale to kamení bylo moc ostré a písek jí pletl směry. A na rozcestí už bylo navždy jasné, že slunce zrovna zachází a jeho oči s ním. Že je sama a doma na ni čeká už jen hlad a osamění u psacího stroje...

Už jsem byla skoro smířená s tím, že se s nikým ze základky nikdy nepotkám a pomalu jsem si zvykala na nové spolužáky v nové škole. A tam to bylo co do počtu pro změnu naopak – 25 holek a 4 kluci. Ve třídě jsme měli neustále rušno, holky pořád štěbetaly a povídaly si, dělaly si srandu z kluků... - tady to bylo naopak – najednou byli kluci ti utlačovaní. Ale musím říct, že jsme si ve třídě všichni navzájem sedli a sešla se tam dobrá parta.

Do školy jsem jezdila autobusem a pak tramvají se dvěma přestupy. A jednou jsem úplnou náhodou potkala svou bývalou spolužačku Janu s jejím přítelem, jak seděli v objetí v parku a jedli spolu zmrzlinu. Bylo to milé setkání. Myslela jsem si, že už vlastně ani netoužím po tom někoho z té naší bláznivé třídy potkat, ale toto setkání asi po půl roce mě opravdu upřímně potěšilo.

Bylo na ní vidět, jak září štěstím, ale už tenkrát jsem si všimla, že se její přítel od ní nechal opečovávat. Neustále jí dával nějaké úkoly – Jano přines mi, podej mi, běž koupit, ... nechal dokonce i za sebe platit. Ale říkala jsem si, že jim to tak spolu asi vyhovuje a nikdy jsem jí nic o svých pocitech vůči němu neřekla. Každopádně pak jsme se opět spolu neviděli mnoho let, až dlouho potom mi napsala na sociální síť, že se s Lukášem budou brát a jak je moc šťastná. Bohužel se z Lukáše vyklubal zlatokop, který si přes špičku nosu na boty neviděl a s Janulou byl jen proto, že jim rodiče po svatbě slíbili svůj byt v Plzni a že oni na stáří půjdou bydlet na chalupu, beztak už byli oba v důchodu a nepotřebovali být ve městě. Po svatbě a přepsání bytu jim ještě Janči sestra zaplatila hodně drahou svatební cestu. Po této cestě se Lukáš sbalil se všemi svými věcmi a odešel bydlet ke svojí dlouholeté milence. Jana se chudák po rozvodu ještě dlouho zbavovala jeho falešné lásky a neustále doufala, že se k ní jednou vrátí a na vše zlé zapomenou. Ale naštěstí se to nestalo. Dala se pak dohromady s mým kamarádem, synem mého zaměstnavatele z dob mých brigád, Kubou, se kterým se potkala na pracovišti. Dnes mají spolu dva krásné syny. Někdy si opravdu musím stále dokola opakovat, jak je ten svět malý. A i když mě už mnohokrát napadlo, že vědět, že ti dva k sobě patří, seznámila bych je spolu už dříve. Ale na druhou stranu vím, že se spolu potkali ve správný čas a na správném místě a pokud by se spolu seznámili dříve, pravděpodobně by k sobě navzájem cestu nikdy nenašli. Tak doufám, že oba spolu budou žít šťastně. Vzhledem k tomu, že je oba znám z dob, kdy hledali k sobě vhodné protějšky a nemohli je najít, jsem ráda, že každý ubral kousek ze svých požadavků, aby mohl zažít tu pravou lásku...

A jak šel čas, potkala jsem v tramvaji i pár svých dalších bývalých spolužáků. A bohužel to byli zrovna jedni z největších puberťáků od nás ze třídy a ještě ke všemu ten jeden byl zhrzen mým odmítnutím při rozlučáku. A tak když se mnou občas cestovali stejnou tramvají, neustále jsem od nich slýchala sexistické narážky. Naštěstí jsem byla vůči nim díky tříleté praxi tak nějak imunní. Jen mi vadilo, že tramvaj byla vždy byla plná lidí, kteří nevěděli, oč jde. Proto když jsem tahle individua viděla stát na tramvajovém ostrůvku, raději jsem si počkala na další tramvaj i za cenu toho, že stihnu až pozdější autobus domů.

Se sestrou jsme začaly chodit na brigádu do jedné tamní čajové kavárny (myslím, že to byl rok 2001), kam chodili lidé na internet. V té době totiž kromě mobilů vlastnilo počítač doma jen pár vyvolených, a tak i s internetem to bylo opravdu na bodě mrazu. Proto lidé chodili do těchto kaváren a nejen my jsme měly díky nim možnost si i něco přivydělat.

My jsme počítač doma neměly. Ale znaly jsme kamaráda, našeho brášku Standu, který nás na něm učil hrát hry a ve škole jsme měly obě, já i sestra, počítačovou informatiku, takže jsme věděly, jak se s počítačem zachází a jak se surfuje na internetu. Což bylo pro nás velkou výhodou.

Do kavárny moc lidí nechodilo. Respektive ano, ale nikdy se nestalo, že by byly obsazené všechny počítače, takže jsme si vždy jeden pro sebe zabraly a chodily jsme na různé internetové diskusní fóra typu Xchat, kde jsme se seznamovaly s různými lidmi, samozřejmě kluky. Ve většině případech to byly spíše pokecy se srandovními podtexty, bezúčelné a o ničem, ale takto jsme tam v kavárně zabíjely svou pracovní dobu. A upřímně říkám, že jsem nesmírně ráda, že jsme za celou naší éru řádění na internetových pokecech nenarazili na žádného úchyla, který by předstíral, že je někdo jiný, jen aby z nás něco vylákal či vylákal někam nás samotné. A samozřejmě jsme si s některými dotyčnými dávaly i srazy naslepo. My jsme z toho měly vždy srandu a bylo to opravdu vždy dobrodružství čekat na někoho a vědět o něm pouze to, že má na sobě modré džíny a bílé triko. To byl tenkrát náš pubertální život.

A tenkrát jsem se takto seznámila se dvěma srandovníma klukama, s Tomášem a Vojtou. Tom měl červenou škodovku 120 a Vojta mu vždy dělal „jízdního poradce". Byla to opravdu sehraná dvojka a byla s nima neuvěřitelná sranda. Sestra se seznámila s jakýmsi Jirkou a byla z toho opravdu myslím si velká a hezká láska. Sestra randila s Jirkou nu a já jezdila s klukama vždy po brigádě někam na výlety a opravdu jsme tam spolu všichni doslova brečeli smíchy, hlavně nad Vojtovo pohotovými hláškami a připomínkami snad úplně ke všemu, co viděl. Z vydělaných peněz z letní brigády v místní mlékárně jsem si mohla konečně pořídit svůj první mobilní telefon a najednou jsem byla dostupná pro celý svět.

Jednoho dne mi Vojta napsal zprávu, zda bychom spolu mohli jít ven jen my dva, že chce se mnou o něčem mluvit. Tak nějak jsem už tušila o čem, ale ráda jsem se nechala překvapit. A ano, souhlasila jsem s jeho nabídkou na vztah, jelikož jsem byla v té době tele a myslela jsem si, že ve vztahu je důležité se umět smát, jelikož smích nás dělá šťastnými a život má být jen o šťastných věcech. Ale bohužel se z Vojty po čase vyklubal žárlivý blbec, který mě dokonce začal i přes city vydírat. Byl to můj první „opravdový vztah", který jsem brala jako vážný závazek vůči sobě a skutečně jsem pak z toho byla hodně smutná, že i když jsem nikdy nechtěla krátkodobý vztah, tento mi prostě nevycházel tak, jak jsem si původně představovala. Vojta byl „zajímavý tvor". Opět se musím opakovat, ale jak jsem již napsala, prostě k sobě přitahuji „zajímavé lidi"... Jenže u něj bylo nejhorší to, že byl mým partnerem a všechen respekt šel stranou. Obyčejného kamaráda si odsunete z cesty a víte, že pokud půjdete druhý den jiným směrem, už jej nemusíte nikdy potkat. Ale udělat něco podobného s někým, s kým jste uzavřeli partnerské pouto, není tak úplně jednoduché, bohužel.

První měsíc byl jak z pohádky – každý den na mě čekal po škole, dával mi různé dárky, psal mi celé dny zamilované smsky a opravdu jsem se cítila milovaně a zamilovaně. Ale pak nějak první zamilovanost po měsíci opadla a já začala více vnímat obsah jeho slov, hlavně jakoby řečených vtipem, a pomalu mi vše začínalo připadat jako urážky. Začal urážet mou postavu, rodinu, a postupně začal napadat i můj styl života a mé koníčky – hraní šachů – že prý tam potkávám mnoho mužů. Ano, občas to bylo milé slyšet, že na vás někdo žárlí, ale kolem třetího měsíce našeho vztahu už jsem byla na jeho slova takřka alergická. A nehledě na to, že pak stačilo, aby za mnou na ulici někdo okem jen zavadil - už jsem si vyslechla otázky typu: „Kdo to je? Ty ho znáš? Co s ním máš?! Já mu rozbiju hubu!" a podobně, a to jsem se nikdy s nikým náhodně potkaným osobně neznala! Nehledě na to, že svými hloupými hlasitými výjevy strhával pozornost sám na sebe, ačkoli podle jeho slov se každý zajímal o mě...

Též jsme si psali dopisy. O víkendech jsme se neviděli, pouze jsme si psali sms, a tak jsme se spolu domluvili, že si vždy napíšeme pár slov, jak jsme se bez sebe měli, a musím říct, že nevím, zda ty dopisy psal tzv. svépomocí, či mu s nimi někdo pomáhal, ale skoro každý dopis od něj mě rozbrečel, hlavně ty poslední. Jelikož jsme si dopisy předali vždy při našem opětovném pondělním shledání, když jsme se loučili. Já vždy odjížděla s tím, že už to s ním musím ukončit, ale neukončila jsem to, jelikož po přečtení jeho dopisu se ve mně objevil pocit usmíření a opravdové lásky. Ale dnes vím, že to byla pouze jeho sobeckost a láska k sobě samému!

Vzpomínám si, že mě jednou pozval k sobě, venku byla už zima. Dovolil mi jít si zakouřit na balkon, ale už jsme se spolu týden víceméně hádali, a ten večer nebyl výjimkou. Takže atmosféra mezi námi byla opravdu hodně napjatá. A tak mě na tom balkoně ze vzteku zavřel a ještě se mi smál, že mě tam nechá tak dlouho, dokud prý „nevyměknu". Samozřejmě jen co mi otevřel dveře, vzala jsem si své věci a odešla od něj pryč. A on za mnou běžel a strašně se mi omlouval a prosil mě, ať neodcházím. Dvakrát jsem se k němu za celou dobu trvání našeho vztahu vrátila. Po třetím mém odchodu už za mnou nevyběhl a já aniž bych mu cokoliv napsala, od něj odjela pryč.

Poté jsem onemocněla a týden jsme se neviděli. Pořád mě bombardoval smskami, že se mu po mě stýská a tak podobně – byli jsme spolu už skoro pět měsíců a tak jsem se opět citově nechala zlomit. A i když jsem měla ještě od doktorky nařízeno zůstat doma, rozjela jsem se za ním, jelikož mě přemluvil, že nepůjde do školy a počká na mě u sebe doma, že si musíme promluvit. A já, holt málo poučená, jsem za ním jela. Plzeň byla tenkrát ucpaná auty, při každém přestupu mi ujela tramvaj a on mi každou čtvrt hodinu poslal sms : „Kde jsi?" Po třetí zprávě už ve mně vařila krev a po čtvrté jsem si vypnula telefon a ještě jsem se zastavila ve své škole, která byla náhodou po cestě k němu. Po dvou hodinách jsem tedy dorazila k němu domů, skoro mě ani nepozdravil a hrál si na velice uraženého. Začal mi vyprávět o tom, jak byl s kamarádem o víkendu na diskotéce a jak je tam balily nějaké dvě holky. A já že jsem byla nemocná a on chudák si za mě musel najít náhradu, když už si konečně u rodičů vydobyl privilegium zůstat doma a nejezdit s nimi o víkendech na chalupu. Pak si do mě ještě stihnul „rejpnout" dvěma nemístnými poznámkami k mému pozdějšímu příchodu a vzhledu po nemoci, ale to už jsem ty jeho řeči nemohla ani slyšet a utekla jsem od něj z bytu. On se ani nenamáhal za mnou jít, při odchodu jsem viděla, jak je pořád na tom samém místě. Chvilku jsem se ještě schovávala u jejich domu pod schody, zda se v něm přeci jen náhodou něco nezlomí, ale nedělo se nic, a tak jsem šla pryč.

Celou cestu domů jsem brečela. Skoro pět měsíců jsem doslova zabila čas s takovým blbečkem! Celý den se mi neozval. Prostě nic. Ještě si snad myslel, že se mu mám omluvit já?! Doma jsem z toho byla opravdu špatná. Naštěstí moje sestra byla při mně a pomohla mi napsat mu konečně aspoň smsku, která znamenala rozchod. Jenže ta okamžitě spustila vlnu jeho nenávistných smsek vůči mně a navíc urážky a výsměch celé naší rodině. Bylo mi opravdu moc zle při pomyšlení na všechny ty zamilované bláboly, které jsem od něj až doposud slyšela! Dokonce když jsem se mu zmínila, zda mi vrátí všechny moje cédéčka a kazety, mě poslal k samotnému ďáblu! Na jednu stranu jsem ale nevím proč tak nějak doufala, že se vše z jeho strany změní, že uzná, že se choval jako idiot, že se mi omluví a bude vše v pořádku a tak hezké jako na začátku. Ale na druhou stranu jsem věděla, že to není možné a že to není v mé moci změnit někomu povahu... Osud mi dal tenkrát lekci a pořádně mi při ní nafackoval...

Druhý den nenávistné smsky pokračovaly. Bylo jasné, že už je nepíše sám, ale že mu někdo radil, co má psát. Už jsem na nic nereagovala, nebylo ani co na to říct po tom všem, co mi kdy řekl. Ale pak nastal kupodivu přes den klid a najednou přišla noc a on otočil o sto osmdesát stupňů a začal se mi za vše omlouvat a psát mi, jak mě miluje. V hloubi duše jsem toho člověka už nikdy nechtěla vidět, ale též jsem toužila po tom, abychom se nerozcházeli ve zlém. Na chvilku mě opět podlomil a já souhlasila, že se spolu ještě setkáme – bylo to po týdnu a byla to tak hloupá chvíle ticha, kdy jediné nejlepší rozhodnutí bylo otočit se a odejít.... Stál tam, díval se na mě a jediné, co ze sebe dostal, bylo arogantním tónem: „Tak co, jak se máš?" Někdy je prostě lepší něco ukončit klidně i v půlce a nechtít to dál řešit, natož někdy dovyřešit...

Sestra se též rozešla s Jirkou. Nebyl to kluk dle jejích představ. Byl hodný, ale vyděsil ji brzkou žádostí o ruku s tím, že s ní chce mít kupu dětí a že chce, aby se s ním přestěhovala na Šumavu, kde chová jeho maminka ovce. A tohle říct sedmnáctileté dívce, která si chce užívat rušného města, to bylo pro mou sestru opravdu velké sousto. Řekla mu ne a brzy se na internetové seznamce seznámila s jiným klukem, Ríšou, a ten se nakonec stal jejím osudovým partnerem. Pamatuji si to dodnes živě, jak jsem s ní šla na sraz naslepo a poprvé jsme se s ním seznámili.

Ríša byl kuchař a tenkrát pracoval v pizzerii. Často jsem za ním se sestrou chodila do práce, a všichni společně jsme si dávali pizzu. Pracoval s ním ještě jeden mladý kuchař Tomáš, a společně jsme chodívali ve čtyřech do města za zábavou. Tenkrát jsem chodila ještě s Vojtou, ale ten vždy od pátku do neděle trávil čas s rodiči na chalupě (a noční obcházení klubů neměl rád), a my se sestrou a s Ríšou chodívali za zábavou do města a Tomáš se k nám občas přidal.

Když jsem se rozešla s Vojtou, Tomáše mi neustále Lída s Ríšou podstrkovali, že by to bylo fajn, kdybychom chodili spolu všude jako dva páry. Ano, nakonec jsem s ním začala chodit, ale spíše to bylo jen kvůli tlaku okolí a taky abych si nadobro uzavřela v sobě cestu zpět k Vojtovi, který když zjistil, že už mám jiného kluka, mi po pár výhružných zprávách o tom, jak mému novému příteli rozbije hubu, jen abych byla zase s ním, dal konečně pokoj.

S Tomášem bylo fajn trávit volný čas, jenže když jsme byli sami, najednou jsme si spolu neměli co říct. Byli jsme kamarádi, nebo spíše dobří známí a také jsme se podle toho k sobě chovali. Škoda jen, že u toho také nezůstalo... Nejvíce zábavy vždy bylo, pokud jsme trávili čas v kruhu dalších lidí. Bohužel holt někdy se na to, že si s někým nemáte co říct, nedá přijít jinak, než zbytečným krokem do neznáma.

Chodili jsme spolu občas ven, do nějaké hospůdky, ale nikdy mezi námi nedošlo více jak na pusu a držení se venku za ruku. S Tomášem to byl z mého pohledu omyl, ale děkuji mu, že mi pomohl od toho hrozného vztahu před ním. Byli jsme spolu dva a půl měsíce a po našem rozchodu se samozřejmě naše čtyřka rozpadla.

Poté už chodili jen ve třech, či pouze sami.

A já jsem si tenkrát řekla, že už nechci žádnou další špatnou zkušenost a zabitý čas. Ale tohle je strašně těžké v době, kdy každý, než aby toužil nejdříve poznat a pak se vázat, se chce nejdříve vázat a pak poznávat. Opravdu jsem nebyla schopná na první pohled u nikoho poznat, jak se bude za týden chovat. Připadala jsem si, že jsem se narodila do špatné doby...

Na zdrávce to bylo jinak moc fajn. Seznámila jsme se tam se super partičkou kluků z vedlejší školy, z „dopravky", a tak se stalo, že mě jednou pozvali na společnou zábavu do místního klubu. A nakonec se z toho vyklubalo každou středu se opakující hraní fotbálku a zábava v klubu Oko. Stala se z toho taková tradice na pár let dopředu. Nikdo na středu nesměl mít domluveného nic jiného. Tahle parta byla moc fajn. Byli to moc hodní kluci. Většinou jsem tam byla jediná holka, ale postupem času se mezi nás připlétaly i nové holky, pravděpodobně potenciální partnerky mých kamarádů a ty středy jsme si opravdu užívali na maximum, co to šlo. Milovala jsem tato setkání! Zábava s nima byla vždy upřímná, aniž by mi někdo někdy dělal nějaké nemravné návrhy a nikdy u stolu nepadly žádné dvojsmysly. Maximálně kluci si ze srandy dělali návrhy jeden druhému, totiž když si hráli na gaye. U stolu jsme měli vždy opravdu moc přátelskou atmosféru. Cítila jsem se tam skutečně dobře.

Jednou, když jsem šla z Oka na autobus, potkala jsem Petra ze základky. On už to tedy není Petr, jelikož se už na konci deváté třídy přejmenoval na Derila. Takže jsem potkala Derila, ne Petra a setkání to bylo opravdu milé!

Objal mě a řekl mi, že je rád, že mě opět vidí. Jeho upřímná slova mi takovou dobu chyběla! Spěchala jsem na autobus, a tak jsme si na sebe dali telefonní čísla a začali jsme si psát smsky. O víkendu slavila má a sestřina kamarádka narozeniny a pořádala oslavu u nich na zahradě. Byly jsme samozřejmě obě zvány. Tenkrát, i když už to bylo skoro půl roku od rozchodu s Vojtou a Tomášem, jsem neustále trpěla depresemi ze života jako takového. Středy byly super, vždy jsem na chvilku na vše zapomněla, ale všechny ty nepřízně z minulých vztahů jsem si bohužel nosila všude sebou. Bylo to takové mé břímě, které se vždy probudilo, hlavně ve chvíli, kdy jsem se napila alkoholu. A asi to zná každý dobře sám, že po vypití pár skleniček se vám v hlavě vyrojí tolik depresivních myšlenek a nápadů, že se pak z toho mnohdy vyklubají i velké problémy.

A to se stalo i na oslavě naší kamarádky. Ale jelikož jsem měla konečně po dlouhé době po ruce Derila, propsali jsme si spolu celý večer. On jediný mi vždy dokázal odpovědět na mé otázky. Pamatuji si hlavně na to, že když jsem se ho zeptala, proč se mi tohle (depresivní vzpomínky jen na nepříjemné věci) pořád děje, odepsal mi: „Protože jsi anděl a bůh tě poslal na tuhle zemi, abys tu trpěla za jeho chyby." Někdo jiný by ho asi považoval za blázna, ale vzhledem k tomu, že jsem ho znala mnoho let a vím, že je to moc chytrý kluk, z jeho slov jsem tenkrát celý zbytek večera probrečela.

S Petrem jsme si psali denodenně. Chtěli jsme se sejít, a popovídat si osobně, ale čas nám to prostě nedovoloval. Až pak opět zasáhla náhoda a potkali jsme se u tramvajové zastávky. Tam mi sdělil, že se spolu s Bárou před týdnem rozešli s tím, že na ní vidí, že je mladá a on ji nechce omezovat v poznávání okolního světa. Ale že se prý rozešli se slibem, že si teď dají naprostou volnost a vrátí se k sobě zase až ve chvíli, až ona dospěje a bude se chtít trvale s Petrem vázat. Znala jsem ho natolik dobře, že mi bylo jasné, že bez sebe stejně dlouho nevydrží, už jen proto, že on do ní byl prostě blázen, zamilovaný až po uši a v nitru by nesnesl pomyšlení na to, že je někde jinde s jiným klukem. Ale respektovala jsem jeho slova.

Ani jeden jsme nepokračovali svou cestou a šli jsme se projít. Celou cestu jsme si povídali a já nevím proč, ale pořád mě k němu i za ty léta něco přitahovalo. Ne fyzicky, ale duševně, jako kdyby moje duše byla vyhladovělá a on jediný byl schopný mi dát něco k jídlu... Zajímavé bylo, že i když jsme oba mlčeli, nepřišlo mi na tom nic zvláštního. S některými lidmi je vám trapně, pokud si nemáte co říct, ale s ním jako by i to ticho mluvilo. Každý moment s ním byl vždy naprosto neskutečný.

Byli jsme tenkrát spolu venku dvě hodiny, seděli jsme na schodech starého domu v zapadlé uličce. Když tu se mě zeptal, jestli s ním tedy ještě chci pořád chodit. Zajásala jsem a souhlasila, ale v té chvíli jsem si také uvědomila, že my jsme naprosto stejní a nemůžeme být tudíž nikdy spolu, nebyli bychom šťastní. A on si toho byl též vědom. Proto když jsme odcházeli zpět každý na svou tramvaj, nešli jsme spolu, ale vedle sebe. A chvíli před tím, než mu přijela tramvaj, se mi omluvil, za to, co udělal, jelikož my dva nikdy nemůžeme být spolu jako pár, protože on miluje Báru a jeho Bůh potrestal tím, že mě nikdy nemůže milovat více než jako svoji kamarádku. A poté mi zase odjel pryč.

Ale tentokrát to bylo jiné rozloučení. Měli jsme na sebe telefon a psali jsme si. Chvilku jsem se na něj zlobila, ale pak jsem mu v hloubi duše poděkovala za jeho upřímnost a že mi konečně otevřel po těch všech letech oči.

Druhý den se opět dal s Bárou dohromady a byla jsem moc ráda, že jsem i přesto neztratila kamaráda. Čím více jsme si spolu psali, tím více jsem si byla jistá, že má duše našla své dvojče a on mi dává odpovědi na otázky, na které si bojím sama upřímně odpovědět. A to bylo to, proč jsem vždy toužila mu být nablízku. Nebylo to z důvodu, že bych se do něj zamilovala, to ne, ale bylo v tom něco hlubšího, co pravděpodobně sahá až za hranice našeho bytí.

A pak už jsme se spolu opět dlouho neviděli, ale musím říct, že pokud už jsme se potkali, vždy jsem měla pocit, jako když jsem právě vstala a podívala se na sebe do zrcadla. Vždy to byl on, kdo mě probudil do reality a moje úvahy začaly nabírat ten správný směr... Po půl roce na zdrávce jsem tamní studium vzdala. Lidé tam byli více než skvělí, ale vůbec jsem nechápala tu středoškolskou zdravotnickou chemii a navíc náš třídní učitel mě neměl rád už od prvního školního dne. A to jen proto, že byl toho názoru, že tento obor mohou studovat pouze děti lékařů s již vlastní vybudovanou laboratoří či ordinací a též mu vadilo, že moji rodiče nebyli vystudovaní. To, že oba měli na to, aby si udělali vysoké školy, ale komunisti jim studium zatrhli, ho nezajímalo. Měli jsme jej na anglický jazyk a opravdu mě při hodinách hodně „dusil". S angličtinou jsem na tom nebyla jako ostatní, jelikož na základní škole na vsi jsme se učili pouze němčinu, a při přestupu do Plzně jsem se musela začít učit anglický jazyk, jelikož v naší škole jiný jazyk nebyl. A pochopitelně mi ty první dva roky gramatiky chyběly. Ale jeho to nezajímalo. Jelikož jsem měla angličtinu jako hlavní jazyk, měla jsem z ní skládat i maturitní zkoušku. Takže jsme museli všichni už od prváku, dle jeho představ, mluvit téměř jako rodilý mluvčí.

Bylo třeba vyhlídnout si jinou školu – a úplnou náhodou na škole, kam chodila má sestra, otevírali nový učební obor knihkupec s maturitou. Tak jsme se radovaly, že pokud mi přestup vyjde, budeme do školy aspoň jezdit spolu. Myslela jsem, že to bude formou přestupu, ale bohužel mi, myslím, že měsíc před termínem, domů v obálce přišel dopis s pozvánkou na přijímací zkoušky. Pamatuji si, jak jsem rychle doháněla veškeré pravidla českého pravopisu a nebylo to pro mne vůbec jednoduché, jelikož jsem zrovna v tu dobu měla týden Mistrovství Čech v šachu v Mostě, kde jsme spali celý týden bez rodičů a bylo to pro mě opravdu náročné se soustředit na více věcí najednou. Ale nakonec jsem zkoušky zvládla. Můj třídní učitel na to hned reagoval tím, že mě donutil na sekretariátu zdrávky napsat dopis, kde jsem žádala školu o přerušení studia díky zdárně absolvovaným přijímacím zkouškám jinam. Očividně mu to udělalo radost, ale upřímně, už jsem jeho názory ignorovala, jelikož řečí ohledně toho, že pokud rodiče nemají určitý stupeň vzdělání a tudíž ani jejich děti nikdy nemohou dosáhnout vyššího vzdělání, jsem si užila už na základní škole od jiných učitelů. Ale zajímavé je, že můj táta měl ještě sestru, ta též nesměla studovat a tak byla vyučená kuchařka a její dcera, má sestřenice má vysokoškolské vzdělání, dokonce ekonomku. A strejda, jejich bratr, tomu jedinému režim dovolil studovat (ale za podmínek, že doma na statku nesměl ručně pracovat a vždy mu učitelé kontrolovali ruce, kvůli případným mozolům, za které se vylučovalo) a ten má tři syny a i ten nejstarší má ekonomickou vysokou školu. A co se týče šachů, hrajeme je celá rodina už od dětství a on si jednou zahrál dokonce s mistrem světa a dle výkonnosti se řadí mezi světové špičky. Tak ať mi nikdo neříká, že my děti, „takovýchto" rodičů musíme být zákonitě omezeni ve vzdělanosti!

Dokonce i já jsem si vydobyla krásné přední místa na šachových turnajích a věřím, že pokud bych se tomuto sportu věnovala více, určitě bych se mohla zdokonalit. Jenže jsem už nechtěla a chtěla jsem v životě dělat ještě jiné věci. Ale život je dlouhý a třeba se k tomu ještě jednou budu moci vrátit.

Po odchodu ze zdrávky jsem se scházela s pár holkama, hlavně s Katkou. Ona byla pro mě zvláštní v tom, že byla moc hodná a vždy upřímná a měla stejný názor na život jako já. Poslouchala stejný druh muziky jako Denril, a tak jsem je spolu jednou seznámila. Poté se spolu občas setkali na koncertech jejich oblíbených hudebních skupin.

S Katkou jsme měly pro sebe určené většinou večerní pátky. A jednou jsme na našem nočním posezení u dobré muziky a pivka narazili na Tadeáše. Tadeáš byl hodně zábavný a výřečný. Každopádně po chvilce rozhovoru s ním mě utvrdilo to, že svět je opravdu malá vesnice, jelikož během chvilky jsme přišli na to, že je to nejlepší kamarád mého bývalého přítele Vojty! A nejen že bydlel o jeden vchod vedle od něj, ale ještě si oba říkali úplně o všem, a prý se navštěvovali každý večer. Nu dozvěděla jsem se od něj mnoho nehezkého, a mělo to být vše z doby, kdy jsme spolu chodili – takže mě to v tu chvíli sice hodně zasáhlo, ale na druhou stranu mě to utvrdilo v tom, že jsem neudělala chybu, když jsem ho nechala jít a ani na podruhé mu nedala šanci ukázat, jak je prý do mě pořád zamilovaný.

Tadeáš měl též svou osobitou přezdívku, říkal si Korie. Opět se budu opakovat, ale už raději naposled, a bude to od teď platit snad úplně pro všechny kluky, které zde zmíním – Tadeáš byl též zajímavý! Naoko chodil na koncerty skupiny Kabát a všechny metalové skupiny, ale doma měl mixážní pult a skládal taneční techno muziku. Ten večer jsme se spolu všichni opravdu moc hezky bavili a samozřejmě jsme si i vyměnili svoje telefonní čísla, že se ještě určitě spolu musíme někdy sejít. Ještě ten samý večer mi Korie psal zprávy, prý na dobrou noc, hlavně abych dobře dojela domů.

Úplnou náhodou se znal i s Derilem. Když jsem mu napsala druhý den, koho že jsem to večer potkala, byl z toho moc naštvaný a napsal mi, ať se od něj raději držím zpátky. Ještě jsem nechápala, oč jde. Ale jen do chvíle, než mi Korie začal psát smsky o tom, jak se do mě zamiloval a že teď neví, jak mě má dostat ze své hlavy.

Když jsem to napsala Derilovi, co si o tom myslí on, samozřejmě mi napsal, ať už na jeho zprávy nereaguji, že on má holku, ale že není z Plzně, a on ji tu vesele podvádí na každém kroku. A že už Tadeášovi též psal, ať mě nechá na pokoji. Ten mě samozřejmě na pokoji nenechal. Dokonce jsem se od něj nechala ukecat na společný sraz, kde jsem si s ním chtěla o všem promluvit.

Chodili jsme spolu po ulicích Plzně a celé dvě hodiny mi povídal o tom, jak je do mě celý blázen a že vůbec nechápe svého již bývalého kamaráda Vojtu, co to o mně říkal za nesmysly, že jsem úplně jiná, než jakou mu mě představoval. Opravdu mi v té době nasadil brouka do hlavy a začala jsem pochybovat i o tom, co mi říká okolí.

Naštěstí brzy přišlo ledové probuzení v podobě náhodného setkání se s Tadeášem na autobusáku, kdy stál ve frontě lidí a čekal na autobus. Měl sbalený batoh a jel samozřejmě za svojí přítelkyní. Když jsem ho pozdravila a zeptala jsem se ho, kam jede, samozřejmě byl hrozně překvapen a oznámil mi, že se s ní jede rozejít kvůli mně.

V sobotu jsme byly s Katkou v noci ve městě za zábavou a úplnou náhodou jsme potkali Tadeáše s jeho přítelkyní. A co se dalo čekat, vůbec k žádnému rozchodu se ani nechystal. Po představení nás po mě mrkl okem a v nestřežené chvilce mě poprosil, ať jí neříkám vůbec nic z toho, co mi psal. Jak milé že? Ale jsem ráda, že pravda se nakonec ukázala a moc jsem za to Derilovi děkovala.

Na nové škole už jsem to měla s volným časem trošku horší. Úplně nejhorší je, když máte mnoho různorodých a naprosto odlišných přátel a rádi byste se scházeli se všemi. A tak jsem zkoušela častokrát zabít pár much jednou ranou v podobě srazů s pár kamarádkami ze zdrávky a holkama ze své nové školy. Ale nikdy si nikdo nepadl navzájem do oka, až tedy na Šárku, která též poslouchala metal a uznávala jiný životní styl. Ta si padla do oka jak s Katkou, tak s Derilem a též se spolu občas setkávali na koncertech.

Na klub Oko, kam jsem chodila každou středu s kamarády z dopravky, mi už nezbylo mnoho volného času a bohužel (tedy co se mě týče) kluci zatoužili též každý po nějaké přítelkyni. Když už jsem se tam náhodou dostala, nikdy to nebyla ta správná zábava jako dříve, jelikož jsem si s jejich přítelkyněmi nerozuměla a postupem času spíše sedávala i mimo jejich stůl. A tak jsem místo za nimi chodila pravidelně na brigádu. Také jsem zkoušela přivést mezi ně nějaké své kamarádky, zda se náhodou do nich někdo nezakouká, ale bohužel nikdy to nevyšlo podle mých představ, jelikož mé kamarádky měly většinou úplně jiné představy o svých nastávajících partnerech a neuměly se ani bavit s někým, kdo nebyl jejich typ, což mě mrzelo, protože jsem ty kluky moc dobře znala a byli všichni opravdu moc fajn. A tak i když nerada, pomalu jsem se od nich vzdálila a věřím, že to tak asi bylo nejlepší, odejít a ponechat si v paměti jen to dobré.

Brigádu jsem měla v čajovém velkoobchodu. Byl to velkosklad i s malou prodejnou a byl kousek od autobusového nádraží, což mi vyhovovalo už jen proto, že jsem po skončení pracovní doby nemusela ještě cestovat přes celé město. Vlastnil ho stejný majitel, pod kterým jsem dříve pracovala v již zmíněné internetové kavárně. Tu totiž byl pan Marhout nucen uzavřít vzhledem ke špatným podmínkám pronajímaných prostor. Majitel domu mu slíbil čisté a hlavně suché prostředí, které sypané čaje potřebují, ale namísto toho tam bylo vlhko, jelikož ze stěny prosakovala voda prasklého vodovodního potrubí a nikdo se neměl k opravám. A tak jsem na jeho nabídku brigády v jiné prodejně kývla, jelikož jsem jej znala a věděla jsem, co od něj mohu očekávat.

Pan Marhout byl též rozvedený. Měl syna Kubu, už jsem se o něm zmiňovala, ten se nakonec stal osudovým partnerem pro moji bývalou spolužačku Janu. Ale v té době, kdy jsem se s ním takřka denně setkávala v téhle práci, se samozřejmě neznali. Kuba byl takový malý vyděrač a vyčůránek – neustále si chodil do obchodu k tátovi pro peníze na oběd apod. a pokud tam jeho táta nebyl, bral si z prodejního pultu sušené ovoce, aniž by mu to kamkoliv napsal. Jeho taťka se na něj pořád zlobil a vedli mezi sebou neustále spory o peníze. Jelikož jeden chtěl víc, než vůbec potřeboval, a druhý si byl jist, že na jeho živobytí posílá dostatek peněz a více se mu platit už nechtělo. Navíc pan Marhout byl opravdu šetřivý člověk, dokonce i do restaurace chodil s kalkulačkou. Musela jsem je poslouchat, jak se hádali o mamku, o jeho studium, a hlavně pan Marhout měl neustále v hlavě záblesky myšlenek, že jednou bude muset někomu svou živnost předat a drásal ho pohled na vlastního syna, který nejevil vůbec žádný zájem o jakýkoliv druh podnikání. A tak jsem je měla vždy jako zábavný film – hlavně když Kubovi vysvětloval, jak se dělá konečná cena pro zákazníka, protože on byl do podnikání přímo zapálen, měl veškerou evidenci zboží v pořádku. Jenže pak stejně při inventuře zjišťoval, že mu tam chybí různé druhy jídla, které si samozřejmě bral Jakub i pro svoje kamarády za tátovy nepřítomnosti a neobtěžoval se vše řádně zapisovat do notýsku s odpisy. Kuba měl prostě smysl pro podnikání na bodě nula. A tak inventura vždy končila hádkou a mně bylo vždy jasné, že Jakub nemá nikdy šanci pochopit, že prostě nelze brát si z cizího a myslet si, že když je to přece jeho táta, tak on jako jeho syn tohle dělat smí.

Původně byla prodejna otevřena pouze v odpoledních hodinách, jelikož prodavačka z ranní směny dala výpověď. Ale brzy pan Marhout našel jinou důchodkyni na výpomoc. A tak jsem se seznámila s paní Kozlovou. Paní Kozlová byla vášnivý čtenář a hlavně náruživý kuřák. Bylo jí kolem sedmdesáti let a měla ráda zábavu. Byla něco jako moje babička, která mi doopravdy v reálném čase chyběla. Měla jsem jednu babičku, ale ta mě a sestru odmala jen komandovala a byly to jen samé příkazy, zákazy a hlavně samé tajnosti ohledně rodiny a jejích členů z maminčiny strany. Ale Jarka byla jako má starší kamarádka, která měla vnoučata tak stará jako jsem byla já, byla ke mně vždy upřímná a trávily jsme spolu opravdu hodně času. Nejdříve samozřejmě v práci, ale nakonec i mimo ni. Jelikož jak jsem též zmínila na začátku této knihy, se svými vrstevnicemi jsem si nikdy moc nerozuměla, jen s hrstkou pro mě vyvolených, ale i ty měly jiné své zájmy. Takže jsem nakonec byla ráda, že mohu trávit čas s Jarkou a ne na diskotéce. Asi mě měli lidé z mého okolí za podivína, když mě vídali (i moji bývalí spolužáci ze základní školy) sedět se starší generací, místo toho, abych se šla bavit vymetáním barů jako oni. Ano, tato zábava se mi jeden čas též nevyhnula, ale nakonec jsem stejně zatoužila po klidu a přála jsem si mít jen jediné – od všeho pokoj.

Pan Marhout měl přítelkyni Danušku. Danuška byla paní učitelka hudby a soukromě doučovala děti hrát na housle. Často navštěvovala pana Marhouta u nás v obchodě, ale vždy se spíše o něčem dohadovali, než aby se shodli na daném tématu. Měla v Plzni byt a on jí pomáhal s jeho rekonstrukcí. Oba se mi vždy jevili ne jako ideální pár, ale každý jako slušný člověk. Ale s paní Kozlovou k nám do obchodu chodili na návštěvu i její přátelé, hlavně malá, hubená, ukecaná paní Zdenka a pan Chára, potetovaný pán, který měl ke všemu svůj vlastní zajímavý a hlavně pohotový komentář, a hlavně se neustále chlubil, s kým se kde pral a za co už seděl ve vězení. A tito dva aktéři pěkně zamávali se vztahem pana Marhouta.

Jak už jsem zde zmínila, s paní Kozlovou jsme trávili čas i po práci. Naproti obchodu otevřeli nový bar a my tam občas po skončení otevírací doby spolu chodívali na „jedno" a občas se k nám připojil i pan Marhout. Jednoho dne se k našemu posezení po práci v protějším baru přidala i Zdenka a když to zjistil pan Marhout, chodil za námi častěji. Se Zdenkou si tam vždy notovali a často tam zůstávali sami i poté, když já jsem odešla na autobus a p. Kozlice (jak si často sama říkala) na tramvaj. A jednoho dne mi řekla Kozlová, že to ti dva dali spolu dohromady, ale že samozřejmě Danuška o tom nic neví a nesmí vědět. V tu chvíli jsem se cítila mezi nimi nejistě. Přeci jen vás společnost celý život učí mluvit pravdu a být upřímný, ale najednou, když víte pravdu a máte mlčet, je to opravdu hodně složité. Takže jsem byla nedobrovolným svědkem, jak si dospělí mezi sebou lžou do očí. Protože samozřejmě Danuška k nám chodila ve dne, ale k večeru odcházel pan Marhout se Zdeničkou. A pak jako by toho už nebylo na mou hlavu moc, paní Kozlová přinesla nové zvěsti o tom, že se Chára dal dohromady s paní učitelkou hudby a za zády i ona podvádí jeho, jako on ji! A byl to pro mě šok. A zároveň překvapení, jelikož jak pan Marhout tak Danuška byli oba klidné povahy, bezkonfliktní a s čistou minulostí.

Zato Zdenka byla známá gamblerka a alkoholička s proslulými opileckými výjevy na veřejnosti a o Chárovi jsem se již zmínila. Navíc byl prý známý i násilností vůči ženám. A byly to snad důvody, proč každý utekl od klidu do rušného stylu života? Nudilo je snad to, že se kolem nich nic neděje?? Opravdu jsem nechápala, čím je co okouzlilo…

A pak k nám najednou přestali všichni chodit a po týdnu snad i sama Kozlová dala výpověď, jelikož obchod zůstal zavřený na delší dobu a ona se nikomu z nás neozvala. Byla jsem z toho zmatená. Přeci jen to už byla starší paní.

Nikdo mi nedokázal říct, proč tomu tak bylo. Najednou zel obchod prázdnotou a skočily samozřejmě i podvečerní návštěvy baru po práci. Jediný, kdo zůstal opravdu věrný obchodu, byl malý Kuba a jeho neukojitelné chutě na sladké. A pochopitelně i já.

Ale po nějakém čase se k nám Kozlice zase vrátila, ale pod podmínkou, že už do obchodu nesmí nikdy vstoupit jak Zdenka, tak Chára. A tak se nakonec opravdu stalo. Dodnes opravdu nevím, k čemu mezi všemi těmi lidmi došlo, ale domnívám se, že celá bublina prostě praskla a jak už to tak v Čechách bývá, vždy se musí najít hlavní viník, na kterého se ukáže prstem. A tím se tenkrát stala právě Kozlice. Protože právě ona ty dva lidi navíc do světa pana Marhouta a Dáši přivedla.

Nu a pak už to šlo s naší malou partou více méně do nikam. Vztah mezi šéfem a prodavačkou byl vždy už jen napjatý. Danuška k nám už nechodila a Kuba si našel brigádu na lezecké stěně, která ho zaměstnávala natolik, že ani on už neměl čas na mlsoty. S podnikáním této čajovny to ostatně také šlo z kopce. Pan vedoucí šetřil až moc. Dával prodavačce 35 Kč na hodinu už několik let, mezitím co všude kolem jinde bylo minimum již na 50 Kč, on nechtěl o zvyšování platu ani slyšet. Vždy to zdůvodňoval tím, že prodavačka tam nic nedělá a jako přivýdělek pro důchodce je to velice super prosedět někde pár hodin a ještě za to dostat zaplaceno. Nakonec Kozlová dala p. Marhoutovi ultimátum, že buď jí přidá plat, nebo odejde. A skončilo to opravdu odchodem a rozhádáním se na mnoho let. Kvůli oboustranné ješitnosti se opět obchod málem uzavřel.

Jediný, kdo mu zůstával vždy věrný, jsem byla já. Jen mě vždy mrzelo, že tato práce byla opravdu málo placená, a tak jsem si nakonec ještě začala přivydělávat i na jiných brigádách. To se sice panu Marhoutovi z počátku moc nelíbilo, protože za mě neměl žádný záskok a prodejna musela být na den zavřená, ale nakonec neprotestoval, protože plat nechtěl přidat ani mně.

Jednou mě tam nečekaně přišel navštívit Deril. Seděl vzadu v prodejně s rukama zkříženýma v pase a pořád sledoval, zda vůbec přijde alespoň nějaký zákazník, ale mnoha se nedočkal. Ale aspoň jsme si mohli povídat, a tam jsem dostala nápad, že bych jej mohla seznámit se Šárkou, svou novou spolužačkou ze třídy. Řekla bych, že si spolu padli do oka, oba poslouchali to samé a měli i stejné zájmy. Občas jsme spolu vyrazili ven o škole všichni a myslím, že jsme si užili dost srandy. Ale pak se naše trojka rozpadla. Tak nějak jsem doufala, že se ti dva dají dohromady, ale nakonec se mezi nimi něco pokazilo a přestali se navštěvovat. A bylo to tenkrát vlastně i naposledy, kdy jsem se s Derilem viděla osobně. Pak zmizel z mého obzoru a už jsme si ani nepsali. Prostě se po něm slehla zem.

V nové škole to bylo se vztahy spolužáků velice těžké. Bylo tam opět přes dvacet holek a 6 kluků, a každý byl naprosto jiný. Na mě každý pohlížel jako na „dospělou" jen proto, že jsem byla o rok starší. Ale podle čeho soudili, že jsem dospělá? Asi podle mé tehdejší „svobody". Upřímně mi neměl nikdo co závidět.

Každý se tam s někým spároval do nového kamarádství, a tak jsem i já hledala nějakou k sobě příbuznou dušičku. Ale bohužel už to nebylo tak super jako na zdrávce, kde jsme opravdu držela celá třída jako jeden celek pohromadě. Tady si doslova každý hrabal na svém písečku, a kdo se neznal už z dřívější doby, například ze základky, tak se s jinými kamarádit odmítal. Takže jsem zde opět tvrdě narazila, jako holka z vesnice a ještě o rok starší a z přestupové školy. Nikdo mě tu zákonitě znát ani nemohl.

Na praxi jsme chodili do knihkupectví. Já jsem schytala knihkupectví Kraus kousek od centra Plzně. Bylo nás tam celkem šest, tři ráno a tři odpoledne, a na tento čas opravdu moc dobře nevzpomínám, hlavně co se týče vedení a jeho přístupu vůči nám. Byla to naprostá hrůza, tolik pohrdání a nenávisti jsem do té doby snad od nikoho ještě nezažila. Ať jsme pracovali sebevíc, nikdy to nebylo dostačující a správné. Paní vedoucí nás neustále deptala svými nadávkami a rýpanci ohledně mladých lidí a jejich údajného životního stylu. Díky brigádě z čajů jsem si práci v obchodě s lidmi velice oblíbila a moc mě zajímalo i podnikání. A upřímně, kdybych poprvé nastoupila do obchodu tam a ne do čajů, asi bych nenáviděla práci s lidmi tak, jako právě ona. Ale zaplať pán bůh se tomu tak nestalo.

Na práci jsem toho měla hodně – studium, brigády a ještě jsem řešila situaci u nás doma. Náš táta byl neustále bez práce, což byl také jeden z důvodů, proč jsem běhala od patnácti po všech možných brigádách, abych si i já mohla koupit pěkné moderní věci, aniž bych si neustále říkala o peníze mamce, která pracovala doslova od nevidím do nevidím. A nikdy to pro mě nebylo příjemné vrátit se odkudkoliv domů a nalézt unavenou mamku v křesle u televize a odpočatého otce, jak leží na gauči s otevřenou lahví piva a jak kouří jednu cigaretu za druhou. Ale už tenkrát jsem alespoň měla jasno v tom, jak dopadnout rozhodně nechci!

Když jsme byly malé, pořád jsme na zahradě chtěly mít stan, jelikož všechny děti v našem okolí ho měly a trávily v něm spoustu času. Ale táta ho nechtěl kupovat, a jelikož byl truhlář, místo něj nám postavil takovou malou chaloupku z dřevotřískových desek, mělo to dvě pravá funkční okna a střechu z pravých tašek. Pamatuji si, že už když stála konstrukce s nedodělanou střechou, chodily jsme si do chaloupky sedat a těšily se, až tam budeme moci poprvé samy spát. Potom jsme si domeček zabydlely matracemi, polštáři a dekami. Taťka nám tam zavedl i elektrický proud, a tak jsme tam mohly svítit a dokonce mít i rádio. Od té doby jsme tam se sestrou trávily hodně času, hlavně v létě, celé noci. A bylo tomu tak, i když jsme povyrostly. Pamatuji si, jak nám jednou babi koupila časopis, kde Dagmar Kludská popsala význam karet při výkladu a my jsme se rozhodly, že si vyložíme budoucnost na jeden rok dopředu. Byl hezký slunný den a my jsme si zalezly do našeho domečku. Po celé podlaze jsme měly rozloženou matraci, takže naše boty zůstávaly vždy venku před vchodem a my, jelikož už nám domeček byl tak akorát, ležely přes celou místnost a hlavy měly u okna u dveří, abychom na karty a časopis dobře viděly.

Měly jsme to jako srandu. Karty nám nicméně předpověděly nemoc staršího člověka a jeho náhlou smrt. Přišlo nám to k smíchu, jelikož jsme ani jedna neznaly žádného staršího muže, který by mohl onemocnět a i kdybychom ho znaly, proč by nám o něm karty říkaly? Chtěly jsme znát svoji budoucnost a dozvěděly jsme se místo toho něco o starém muži…

Večer k nám do domečku zavítal i náš bratříček Standa a my mu též věštily z karet. Se Standou jsme trávili opravdu mnoho času a mnohokrát jsme buď přespávaly my se setrou u něj na zahradě ve stanu, či on u nás v našem přístřešku, i když už jsme byli takřka dospělí. A pokud si to dobře pamatuji, tenkrát tomu také tak bylo. Až do noci jsme se smáli a bavili jsme se nad výkladem karet a jejich pravděpodobným významem. Se Standou byla vždy velká legrace. Ostatně jak jinak, když jsme byli bez dozoru dospělých a bujela v nás energie puberty.

Nu a tak čas pomalu běžel dál. Ve škole jsem se skamarádila se svou učitelkou češtiny. Podporovala nás, mladé lidi, kteří jsme psali povídky, básně, prózy a děkuji jí za její cenné rady dodnes. Též to neměla lehké, aniž jsme si to tenkrát vůbec uvědomovali. A to je možná díky tomu, že mi mladí si ani nechceme připustit, že i ostatní mají své starosti. Zajímáme se hlavně o ty své a o starosti nás stejně starých, a i když třeba si dospělých vážíme, mnohdy jejich starosti zlehčujeme a dáváme přednost našim banálním problémům. Ale bohužel místo toho, abychom si těch lidí vážili za to, že nás nechtějí zatěžovat svými problémy, jako to ostatně děláme v mládí každý – že se dělíme se všemi v okolí se svými pocity vůči všemu možnému – jsme na ně naštvaní, když je vidíme, jak naše problémy „přehlížejí". A přitom, jak dospíváme, musíme si zákonitě každý uvědomit, že čím jsme starší, řešíme stále stejné problémy jako mladí, jen je řešíme jiným způsobem. A bohužel čím jsme starší, tím hůře se nám věci dávají zase zpět dohromady, jelikož jako pracující nemáme tolik času, někdy ho nemáme ani na své blízké, natož sami na sebe a své potřeby...

A tak se stalo to, že jeden náš spolužák, který psal velice krásné prózy, jednou chtěl spáchat sebevraždu. Chudák Honza byl ve své představivosti takřka uvězněn... Psal neustále o svých pocitech, depresích – jelikož byl zamilován, ale neřekl té dívce nic, protože žil ve strachu z odmítnutí. A čím více se topil sám se svým strachem v sobě, tím to bylo horší a horší... A nikomu nevěřil, ale díky tomu, že jsme já a naše učitelka češtiny znaly jeho povídky, asi proto věřil nám. A tak jednou pozdě večer vytočil telefonní číslo na Táňu a z posledních sil jí oznámil, že se předávkoval prášky a leží na lavičce kdesi v Plzni. Naštěstí to dopadlo dobře. Odvezla ho záchranná služba a poté jsme ho byli s pár spolužáky navštívit v psychiatrické léčebně. A myslím, že tenkrát jsme se s Táňou spřátelily i my dvě. A jsem ráda, že tomu tak je.

Přeci jen, jak jsem již též psala, s mými vrstevnicemi jsem si nikdy moc nerozuměla. A najednou jsem měla ve škole rozumnou kamarádku, která mi pomáhala s mým psaním a vždy mi upřímně poradila, co kde změnit.

S Honzou to bylo chvilku lepší, ale i když si ve třeťáku našel úžasnou přítelkyni, která ho milovala nadevše a po letech se vzali a měli spolu dvě děti, nikdy to s ním nebylo po psychické stránce dobré. Častokrát končil na psychiatrii pro pokusy o sebevraždu. A opravdu mě mrzí, že jeho povídky nikdy nikde nevyšly knižně a pravděpodobně za jeho života ani nevyjdou, jelikož jak to trefně popsala Táňa, on nepatří mezi ty, kteří unesou sebemenší popularitu.

Na výklad karet jsme se sestrou pomalu zapomněly. Možná též proto, že jsme obě randily a byly zamilované... Do mého života vstoupil Lukáš. Byl starší o 14 let a seznámili jsme se spolu přes internet, když mně bylo kolem patnácti. Od té doby jsme se občas vídali, když měl nějakou obchodní cestu kolem Plzně. V době, kdy jsme se dali spolu dohromady, rozjížděl své vlastní podnikání a řekla bych, že mu to šlo velice dobře. Byl velice milý a charismatický. S lidmi to opravdu uměl.

Vždy jsem snila o tom, aby někdo vymyslel básničku jen a jen pro mě, a pak se najednou objevil on a začal mi psát veršované esemesky. A tím si mě opravdu získal.

Bylo to vše moc fajn. Nejdříve jsme se vídali každý víkend, jezdil buď k nám, kde jsme společně s našima opékali buřty pod širým nebem a mamka ho naprosto zbožňovala, jelikož jí vždy s napětím poslouchal, když mu vyprávěla třeba příběhy o našem pudlovi a tak podobně. Jenže pak začal jezdit se svými produkty více do světa a stále dál a dál a samozřejmě se i zvětšovalo období, kdy jsme se spolu neviděli. Tenkrát jsem prožívala opravdu velice těžké období, kdy jsem potřebovala, aby mě někdo objal a já věděla, že na to vše tady nejsem sama. Navíc všichni kolem neustále chodili na rande, povídali si poté ve škole, kde byli, co zažili, a já mohla pouze říct, že můj přítel je už tři týdny v zahraničí a že přijede za dva týdny na víkend a pak zase odjede. Ze začátku to bylo ještě fajn, ale najednou mi začaly jeho smsky vadit, jelikož psal neustále ve verších, i když jsem chtěla vědět, jak se má, nedokázal mi odepsat jinak než v rýmu, který samozřejmě aby se foneticky hodil do páru, ne vždy dával smysl a tak jsem se skoro nikdy nedozvěděla nic. A pak jsem pochopila, jaký je to snílek. Neustále létal hlavou v oblacích a když jsme se po dlouhé době opět viděli, podobně jako psal i mluvil a to mě moc mrzelo. Konečně jsem se mohla vypovídat, jak jsme se kdo měl a on mluvil o hvězdách a o tom, jak se vidí, že jako stařec řídí na moři loď, od rána do noci, že jsme jako hvězdy na nebi a podobně.

Mrzelo mě to, ale musela jsem se s ním rozejít, jelikož tento vztah z mé strany nikam nevedl. Byl moc hodný, ale trochu mě děsil i náš věkový rozdíl, jelikož samozřejmě když jsme spolu někam vyrazili, nikdy jsme neunikli pozornosti ostatních lidí, a necítila jsem se vždy dobře, hlavně když mě vzal do nějaké luxusní restaurace a já jsem na to opravdu nebyla svým pubertálním outfitem připravená.

A co mě mrzelo ze všeho nejvíc, že se i přes to vše zachoval skoro podobně jako Vojta – napsal mi, že už to věděl dávno, že to takhle dopadne, protože cítil, že ho nemiluji tak, jak on mě. Takže tím mi zasadil další ránu do srdce... Nejtěžší rány zasahují ti, kteří mluví jakoby vašimi ústy, aniž by znali pravdu... Ano, opět jsem tato slova obrečela jako malá holka. Jelikož mi s ním utekl skoro rok života, rok čekání na to, že někdo pochopí, že se láska nedá koupit věcmi, ale činy, že mi podá pomocnou ruku a odvede mě pryč od všech mých depresí, které mě sužovaly každý den víc a víc...

Po týdnu mlčení mi napsal, že to tak nechce nechat být a chce se sejít. Nechtěla jsem otevírat znovu srdce člověku, který prohlásil, že náš vztah byl prakticky o ničem už od počátku. Ale řekla jsem si, že se s ním musím sejít už jen proto, abychom si vše vyříkali. Přeci jen nevyřešená křivda dokáže bolet celý život více, než kdybychom třeba přišli o jednu končetinu. A tak nastalo čekání... Standa se ségrou mi byli oporou. Čekali jsme na jeho příjezd u nás na zahradě a měl opravdu velké zpoždění. Byla už velká tma a moc děkuji, že tomu tak bylo, alespoň neviděl mé uplakané oči.

Šli jsme se spolu projít, a protože byla tma, nebáli jsme se vydat do ulic. I když mi slíbil, že nebude kouřit, ten večer se mi omluvil, že prostě kouřit musí, protože je z našeho rozchodu hodně smutný. Ale upřímně už mi to bylo jedno, jelikož jsem se s ním sešla s odhodláním, že se spolu stejně zpět dohromady nedáme.

A jak jsme šli, opět začal mluvit o tom, jak mě vidí jako svou princeznu z pohádky, jak mi trhá z nebe hvězdy, ... na jednu stranu to bylo krásné, když si vzpomenu na to, jak každá sníme o princi na koni, který nás vysvobodí,... Jak toužíme po romantice, po tom, aby nám naši princové skládali básně, opěvovali nás... Ale na druhou stranu jsem chtěla občas vědět, že stojím pevně na zemi a ne že létám neustále v nějakých svých snech. Hledala jsem ve vší té zmatečnosti kousek jistoty a té se mi bohužel nedostalo a i když jsem se snažila přimět ho mluvit o vážných věcech, nikdy jsem se toho nedočkala. Bylo to občas krásné utéct od reality do světa snění, ale bohužel život mě naučil, že svět není pohádka a jsou zde reálné věci a hlavně jsem toužila po někom, kdo bude se mnou a ne beze mě...

V poslední chvíli, než jsme se na dobro rozloučili, mi ještě stihl říct, že už nám chtěl zařídit v Plzni byt, ale k čemu? Abych tam byla sama a čekala na něj, až se po měsíci vrátí? Ne, prostě jsem v tomto vztahu ztratila veškerou důvěru, i když jsem ho měla stále ráda za to, jaký byl, musel z mého života odejít pryč... A také odešel. Předtím, než nastoupil zpět do auta, zahodil na zem ještě doutnající špalík cigarety a prohlásil, že by si moc přál, aby náš vztah byl opět jako ta cigareta a doutnal a hořel. Popřála jsem mu hezký život a odešla domů.

Už jsem ho nikdy neviděla, ale sestra ho potkala po mnoha letech a prý se rok po našem rozchodu oženil. V té chvíli mě napadalo pouze jediné – pravděpodobně žil dvojí život, a doufám, že toto nepraktikuje dále se svou ženou.

Krátce nato náš táta začal mít zdravotní komplikace. Bolela ho hlava, nemohl spát, neustále mu byla zima a vadilo mu denní světlo. Do práce samozřejmě nechodil. Nebylo to příjemné, že byl neustále doma. V poslední době se zavíral v obýváku, zatahoval závěsy na všech oknech, nosil sluneční brýle, a jelikož byl líný zatopit centrální kotel, aby vyhřál celý dům, pouštěl si pouze u sebe přímotop. Do toho všeho si tam kouřil jednu cigaretu za druhou a pil pivo. Svačil vždy rohlík se salámem, pro který si zašel do krámu hned po ránu. Nikdy se nás neptal, jak se máme a asi ani nevěděl, jakou školu studuji, natož že jsem školu změnila. Sestra studovala obor aranžérka, a tak jí neustále radil s jejími školními návrhy, což mu vlastně šlo vždy nejlépe – do všeho kecat. Hlavně z gauče se mu radilo nejlépe. Nu a pak to s ním šlo pořád více z kopce, a tak začal svoje zdraví řešit s obvodní lékařkou.

Byla to jeho bývalá spolužačka ze základní školy a jelikož ho znala, k jeho škodě, věděla, jaký je a že si celý život ze všeho utahuje a dělá srandu. A on už s tím byl bohužel tak sžitý, že i když měl se svými bolestmi velké trápení i při jejich popisování o nich žertoval. Tudíž si doktorka myslela, že si z ní dělá legraci a celkově svůj zdravotní stav bagatelizuje a předepsala mu pouze obyčejné růžové tabletky na bolest a na lepší spaní prášky Hypnogen.

Jenže jaksi ho zapomněla informovat, že žádné léky se nesmí zapíjet alkoholem. A náš otec se hrdě hlásil ke skupině pivařů, takže přes den se vody nikdy nenapil. Tudíž i léky zapíjel alkoholem a nastaly velké problémy.

Jeho bolesti se stupňovaly a on si začal brát léky na spaní i přes den. Nikdy nespal, ale stupeň jeho agresivity narůstal a byl na nás opravdu hodně sprostý. Když mu doktorka odmítla předepsat další dávku léků na spaní, poprosil svého kamaráda, který si ochotně nechal léky napsat na sebe a předal je jemu. Jednou už mi s ním došla trpělivost, a tak jsem mu léky ve chvíli, kdy odešel na toaletu, vzala a schovala. Za hodinu mě naháněl po celém domě s vykulenýma očima, ze kterých šel opravdu strach a dožadoval se jejich vrácení. Řvali jsme na sebe opravdu silně, ale nechtěla jsem mu jeho drogu vrátit, když jsem viděla, co to s ním udělalo. A tak, abych od něj měla klid, oznámila jsem mu, že jsme mu se sestrou ty jeho léky spláchly do záchodu. Celý se rozklepal a šel si sednou zpět na svůj gauč, zatímco já jsem stála u vchodu do obýváku. Cosi na mě zařval a hodil po mě nůž, který měl na stole ještě ze snídaně. Byl na tom tak špatně, že mu bylo úplně jedno, jestli mě trefí nebo ne. Mrzelo mě, kam až to vše zašlo. Vzteky jsem po něm hodila jeho léky a utekla z baráku pryč. Mamka měla přijet z práce autobusem až za dvě hodiny, a tak jsem se potulovala po vsi a čekala na ni.

Po jejím příchodu už se otec značně uklidnil, jelikož už byl pod vlivem léků. S mamkou se strašně zhádali a já jsem se tenkrát rozhodla, že to nenechám jen tak. Doufala jsem, že nám někdo pomůže a jediný, kdo mě tenkrát napadl, byla jeho ošetřující lékařka, za kterou pravidelně docházel řešit své problémy.

Zašla jsem tam hned druhý den ráno. Otec si myslel, že jsem šla jako vždy na autobus, ale místo toho jsem šla do její přeplněné ordinace a doufala, že nám nějak pomůže najít řešení. Díky tomu, že jsme se znaly přes naší babi, mě vzala do ordinace bez čekání a jediné, co mi tenkrát sdělila, bylo, že ona toho pro nás mnoho bohužel nezmůže a jediné, co lze příště v takové situaci dělat, je zavolat policii. A tady jsem tenkrát pochopila, jak funguje naše justice v Čechách... Jelikož zavolat policii je jedna věc, ale druhá věc, ta důležitější je prokázat třetí nezávislou osobou (ne rodinným příslušníkem), že to, co policii nahlašujete, se opravdu doma stalo. Takže jediné, co pro naši rodinu paní doktorka tenkrát udělala, bylo že tátovo kamarádovi přestala předepisovat Rohypnol a vydala rozhodnutí, že táta musí vrátit řidičské oprávnění z důvodu špatného zdravotního stavu, Pak mu doporučila vyšetření na psychiatrické klinice.

Otec se tenkrát hodně divil, když mu přišlo vyrozumění od policie, že už nesmí řídit, ale řidičák ochotně odevzdal s tím, že má ještě profesní řidičák a ten po něm nikdo nechce, tudíž řídit může dál. Na setkání s psychologem se těšil, opět byl plný optimismu a představ o tom, jak ne doktor, ale on sám bude rozebírat psychologa a jeho vnitřní svět.

A pak nastala chvilka domácího klidu. Možná to také bylo tím, že jsem více času trávila raději prací a se svými přáteli a známými. Alespoň jsem mohla zase na chvilku „volně a svobodně dýchat".

Po návštěvě doktora se táta hrozně smál, co tam vše po něm chtěli ukázat, napsat, odpovědět... A na konci mu sdělili, že prý má mozek jako nemluvně. Dodnes nevím, jak to otec myslel, ale byl z toho moc veselý. Ale na základě této zprávy úřady otci konečně uznaly invalidní důchod a to i zpětně. Takže konečně neproležel „zbytečně" svůj čas doma na gauči a podílel se s námi na placení složenek a věcí nutných pro chod domácnosti, a ne jako předtím, kdy vše „táhla"mamka ze své výplaty a on byl veden na úřadě práce a byl neustále na neschopence.

Jenže se mi dodnes zdá, že už tenkrát na tom musel být psychicky opravdu podivně, jelikož si celou situaci ani neuvědomoval. Složenky samozřejmě chodily na jeho jméno, takže se k mamce dostávala vždy jen část peněz. Vždy si nechával něco pro sebe na alkohol – hlavně na rum a fernet, který potají popíjel, když jsme nikdo nebyl doma. Bohužel ho nešlo hlídat a upřímně jsme na to nikdo ani neměli náladu, když byl poté agresivní.

Jednou se stalo to, že ho našel u nás doma v obýváku sestřin přítel ležet na zemi v bezvědomí. Přijel k nám, že tam počká s naším tátou, než se sestra vrátí ze školy a takovéhle překvapení ho tam čekalo!

Okamžitě zavolal záchrannou službu. Jenže otec se po chvilce probudil a cítil se dobře. Takže po příjezdu sanitky jemu a Ríšovi bylo sděleno, že příště nemá nikdo panikařit a že mají zajít k obyčejnému obvodnímu lékaři! Každopádně když už prý přijeli až k nám, vzali ho s sebou do nemocnice do Plzně, kde ho nechali v čekárně, že jej prohlédne lékař. Richard to pohotově zavolal mamce a ta brzy dorazila za tátou do nemocnice. Tak s ním čekali dvě hodiny v přeplněné čekárně, než se na něj dostane řada. Opravdu otřesný případ, že?!

Když se konečně dostali do ordinace, pouze mu změřili tlak, teplotu a a nahlédli mu do úst. Vše bylo v pořádku, a tak jej poslali zpět domů, ale ne sanitkou, mamka musela zavolat taxi.

Po pár dnech se otci k večeru opět přitížilo. Zvracel dva dny pouze hleny, a celý se třásl. Chápu, že si za vše mohl sám díky svému kouření a pití alkoholu, ale přístup některých lékařů byl opravdu hrozný! Otec omezil alkohol (pivo) a snažil se pít čaj a moc nekouřil. Jeho stav se trošku zlepšil, ale jen na pár dalších dní. Ale pak jednou v noci dostal hrozný záchvat dušnosti a nemohl vůbec dýchat. Pobíhal zmateně po obýváku a snažil se nadechnout. Seděli jsme tenkrát celá rodina u televize, jelikož právě probíhalo (už si přesně nepamatuji jaký typ soutěže to byl) pravděpodobně mistrovství v ledním hokeji. Otevřeli jsme všechna okna v místnosti a mamka zavolala záchrannou službu.

Do telefonu jí sdělili, když nahlásila naší adresu, že pokud je to opět planý poplach, tak už k nám v životě nikdy žádná sanitka nepřijede…

Každopádně otec se dusil a sanitka nikde, tak mamku napadlo mu dát přičichnout k francovce a po té se to o trošku zlepšilo. My jsme se sestrou netrpělivě vyhlížely venku příjezd sanitky, která dorazila až po necelé půl hodině! A to bydlíme pouze 7 km od Plzně, kde je mnoho nemocnic!!

Mamka seděla s tátou v obýváku a udržovala jej při smyslech, když konečně přijela „pomoc". Odvedli jsme je se sestrou do domu, ale už po cestě si všichni, jak doktor tak jeho pomocníci neodpustili utrousit pár poznámek o tom, v jakém stavu je náš dům a do jakého „bordelu" to zase musí lézt…

Po příchodu do domu samozřejmě ucítili kouř z cigaret, je to jasné, když se v našem domě kouřilo denně, že byl celý načichlý, ale větrali jsme a otec skutečně svůj zlozvyk značně omezil. Každopádně chápu, nejsme milionáři a oni právě vcházeli do domu, který byl léta zanedbáván, ale špínu jsme tam neměli! Vše bylo pouze staré – staré dlaždice na podlaze, nevymalováno již pár let, ... ale „chudoba" přece hned neříká, že se k nám má někdo chovat jako k nelidem?! Pan doktor byl naprosto v klidu. Klekl si k sedícímu otci a začal mu klást otázky, jaké má zdravotní potíže, kvůli kterým byl přivolán. Táta stále lapal po dechu a nemohl nic odpovědět. Když jsme chtěli něco říci za něj a opakovali panu doktorovi, že nemůže dýchat, tak sotva může odpovědět, nám odsekl nám s argumentem, že tlak má otec v pořádku, tudíž mu nic není, takže je schopen odpovídat sám. On ale nebyl. Neustále se snažil všemi způsoby nadechnout. Pan doktor nám vynadal, že máme doma více větrat a že otec má nejspíš jen abstinenční příznaky, ale jinak mu nic není. Každopádně nám sdělil spolu s mnoha nehezkými komentáři jak svými, tak jeho pomocníků, že ho klidně odvezou do nemocnice, ale že ho do sanitky nebudou nosit na nosítkách a že si má dojít k autu sám po svých, jestli tedy chce být odvezen.

Venku už byla tma. My jsme byli opravdu v šoku z toho, co jsme právě slyšeli, každopádně otec se rozhodl tedy jít. Sotva vyšel z domu, tak se mu viditelně přitížilo. Každopádně všichni pracovníci z nemocnice trvali na tom, aby si pospíšil, že na něj nemají tolik času. Těsně u sanitky zkolaboval a pomocník jen stroze konstatoval: „Ježiš, a teď ho snad ještě budem muset oživovat?!" My jsme se sestrou stály opodál a byly naprosto v šoku. Tátu vtáhli do sanitky, zavřeli dveře a nás vyhnali se slovy, že tohle už není nic pro nás. My jsme tam stejně stály a čekaly, co se bude dít dát. A očividně jej v sanitce nějakým způsobem stabilizovali. Během té chvilky jsme si všimli řidiče, který svačil a poslouchal rádio: „Tak zase jsme ten hokej, kluci, nestihli dokoukat!" prohlásil s naprosto ledovým hlasem. To byl opravdu šok... Poté se rozjeli pryč. A táta už se k nám domů nikdy nadobro nevrátil. V nemocnici mu udělali veškeré vyšetření a zjistili mu metastáze rakoviny snad v celém těle, hlavně na plicích. A tak byl převezen rovnou do plicního sanatoria do Dobřan.

A najednou zůstal náš dům prázdný...

V téhle době jsem se seznámila s novým klukem. Byl to řidič autobusu, který mě vozil již nějaký čas do Plzně do školy. Byl to takový usměvavý mladík, a my jsme s ním všechny holky z vesnice moc rády koketovaly. Bylo to takové milé ráno nastoupit do autobusu, kde se na vás pan řidič usměje. Nastoupit tam s hlavou plnou svých starostí a vidět hezký a milý úsměv. Se sestrou jsme mu i několikrát mávaly od nás z domova, když se vracel zpět odpoledne do Plzně. Bylo to takové milé rozptýlení od veškerých starostí kolem.

V té době jsem se hodně styděla s někým sama seznámit osobně. Žila jsem převážně nočním životem, ale v reálném světě to nefunguje jako na diskotéce. Tady se každý vidí na světle v jeho pravých barvách a nikdo není ovlivněn alkoholem, takže své pravé já se jen těžko něčím maskuje. Jednou se mi dokonce stalo to, že jsem se s jedním chlapcem z diskotéky sešla druhý den ve městě, a on mi po pár minutách řekl: „Promiň, ale ty vůbec nejsi to, čím jsi byla včera" a odešel. Tohle jsem v sobě nosila ještě hodně dlouho. Ale jednoho dne jsem měla sen, že mi ten usměvavý řidič dal místo lístku kousek papíru s jeho telefonním číslem. Nevěnovala jsem tomu moc pozornost, jen jsem se tomu pousmála. Oblékla jsem se, vyšla ven a po cestě k busu se ke mně přidal bratříček Standa a hned po něm jeho kamarád. Oběma jsem svůj sen vyprávěla a moc jsme se tomu zasmáli. Standa mi ještě ze srandy řekl, ať ho pozvu na rande. Když tu přijel autobus a já vešla s penězi k řidiči, odhodlaná zaplatit si cestu. Lístek mi dal, a u lístku byla vizitka! Doufám, že jsem nevypadala hloupě, ale prostě mě to rozesmálo. Vzala jsem si oba papírky, a šla dozadu. Nastupovali jsme s klukama většinou jako poslední, jezdilo mnoho lidí, takže jsme museli všichni tři stát. Nu každopádně jeho krok viděl celý autobus a holky se mě samozřejmě hned vyptávaly, co mi to pak řidič dal do ruky?

Ještě jsme ani nepřijeli do Plzně, napsala jsem mu smsku. Kluci mě k tomu i pobízeli, ať už to máme spolu tedy konečně vyřízené, když se mi zdál takovýhle sen, který se doopravdy stal! Řidič se jmenoval Honza. A od té chvíle jsme si spolu pořád psali a psali... Chtěli jsme se spolu sejít osobně, ale bohužel k tomu nebyl vůbec vhodný čas. On byl v práci do pozdních hodin, i v sobotu, a já měla přes týden brigády a v sobotu jsme jezdili za taťkou do sanatoria, kde se léčil chemoterapiemi.

Ani teď přesně nevím, jak dlouho jsme čekali na to naše první vysněné rande, ale myslím, že měsíc to byl určitě… Přijel pro mě do vsi v ranních sobotních hodinách s kyticí růží, v černém velkém autě. Otevřel mi dveře, zavřel za mnou… Připadala jsem si jako v pohádce. Odvezl mě na procházku do Mariánských Lázní, kde jsme spolu celý den chodili a povídali si. A od té doby, světe div se, už jsme pořád spolu…

S naším taťkou jsme to se sestrou nebraly tak vážně, jak to doopravdy bylo. Myslely jsme, že když je v léčebně, že se zase jednoho dne vrátí domů. Ale bohužel přes svůj optimismus, který dával najevo při každé naší návštěvě, tam už zůstal nadobro. A možná za naši nevědomost též mohla mamka, která je velmi silná osobnost a dokázala nás uchránit před velkým strachem z jeho úmrtí, protože věděla, že máme obě svých starostí až až a nechtěla nás ještě více zatěžovat. Byly jsme mladé, v pubertálním věku a chtěly jsme si užívat života a mamka nám to nechtěla kazit.

Jezdily jsme ho navštěvovat každou sobotu. Mamka mu vozila jogurty, samozřejmě oslazené, i když je měl od lékařů kvůli slabé cukrovce zakázané. I dvě krabičky cigaret a nějaké sušenky. Táta totiž strašně rád mlsal. Sestry o tom věděly, že mu vozíme zakázané věci, ale nikdy nám ani jemu nic neřekly, že se to nesmí. A mám takové podezření po těch letech, že už tenkrát moc dobře tušili, že táta už se z léčebny stejně nikdy nedostane, a tak mu chtěly dopřát všechny mlsoty, co měl tak moc rád.

A dokonce se i přinutil ke psaní. Celý jeho život, kdy mně měl po boku, jsem mu říkala, ať nám pořád dokola vše nevypráví, vezme si do ruky tužku a papír a všechno to sepíše. A teprve až v léčebně se k tomu odhodlal a pokaždé mi předal další svoje rukopisy, které jsem mu slíbila přepsat do počítače. Jenže z písma bylo znát, že už má čím dál větší problémy, jak s myšlením a psaním souvislých vět, tak s čitelností. Tak se stalo, že jednoho dne mi podal poslední arch se slovy, že už na to nevidí. Chemoterapie udělala s tělem své a otec na tom byl navzdory léčbě stále hůř a hůř.

Mezitím, co my jsme si se sestrou každá užívaly lásky se svými partnery, jsme na něj tak nějak zapomínaly. Honza mě neustále bral sebou na různé výlety, chodíval za mnou na nečekané návštěvy do mých brigádnických zaměstnání (a vždy překvapil nějakou maličkostí v podobě čokolády či květiny), až nakonec jsem s ním začala trávit víkendy v bytě jeho dědy v Plzni, kde bydlel, a za taťkou pak častokrát jezdila už jen mamča. Honza mě často brával hned v pátek po škole do Mariánských Lázní za noční zábavou, ale nebylo to na diskotéky, tentokrát už ne. Honzi byl zvyklý chodit na zpívané s živou hudbou, či do tanečních sálů, kde jsme společně s jeho mamkou a jejím přítelem protančili skoro celou noc. Bylo to vždy moc fajn na chvíli utéci z reality, ze všech těch problémů a stresů z toho, co bude dál. A i když jsem do tanečních nechodila, ráda jsem ho nechala, aby mě učil taneční kroky a byla to pro mě velká zábava.

Čas plynul jako voda. A najednou byly Vánoce. Já jsem se nemohla dočkat, jak konečně strávíme s Honzíkem a jeho rodinou své první společné Vánoce v bytě jeho mamky v Mariánských Lázních, kam jsem byla pozvána. Sestra měla též domluveno, že Štědrý den stráví s Ríšou, a i když nám mamka oznámila, že táta si přál jít z léčebny na pár dní na svátky domů, ani jedna jsme už s ním k jednomu stolu nezasedly. Doma jsme se sešli všichni až po „Ježíškovi". Táta si, beztak jako to dělával před svým odchodem, zatáhl v obýváku všechna okna, jelikož ostré denní světlo mu nedělalo dobře, a jen ležel na gauči, či seděl, když si balil cigaretu, a celý se třásl a jakoby se cítil nesvůj. Sebou měl značnou dávku léků, které musel pravidelně brát, ty jej udržovaly v „přijatelném" stavu. Nevím, jak to cítila má sestra, ale v tu chvíli mi ani nepřišlo, že už byl skoro 8 měsíců mimo domov. Táta tedy, což je pravda, už tolik nemluvil, ale jelikož dělal stále dokola to samé už několik let a já jsem se mnoho z těchto věcí naučila ignorovat, tak mi to spíš přišlo, jako kdyby se vrátil z týdenní dovolené.

Mamka nám převyprávěla, jak s ním strávila štědrovečerní den, a po chvilce povídání přijeli na návštěvu naši příbuzní – jeho sestra, naše teta Marta s manželem, a chtěli vědět, jak se mu daří. Tuto větev rodiny jsem nikdy neměla ráda a i táta na ni neustále nadával. Jako malé děti jsme k nim jezdili na návštěvu autobusem (bydlí nedaleko ve vsi) a oni nás poté vždy vozili autem zpět domů, jelikož autobusové spojení od nás bylo vždy katastrofální. Na každé této návštěvě ho teta vždy opila skoro do němoty, ale hned nato vždy vykřikovala věty typu: „No jo, ty musíš pořád chlastat! Podívej se na sebe, jak vypadáš!" Mamka věděla, jak tyto návštěvy dopadnou a proto s námi nikdy nejezdila. Já jsem tyhle výlety též neměla ráda. Teta měla sice dvě děti – mého bratrance a sestřenici, ale ti byli o mnoho let starší než my a nikdo si s námi nechtěl hrát.

A tak jsme byly povětšinu času se sestrou vykázány do obýváku, kde nám někdo zapnul televizi a musely jsme být tam, abychom nemusely dýchat cigaretový kouř a poslouchat je, o čem se baví. Teta s naší rodinou podle mého názoru nikdy nemluvila jako s rovnými a tenkrát, když přijela na návštěvu za tátou, toto mé mínění o sobě jen více utvrdila!

Okamžitě v obýváku začala roztahovat záclony a nadávala, v jakém prostředí jsme tátu zanechali. Vůbec nerespektovala to, že na ni táta křičel, ať to nedělá, že ho z toho světla bolí hlava. Ona prostě musela mít ve všem pravdu a dělala si vše po svém. Nicméně rozhodla, že jej chce vidět, ale ne u nás a že ho odvezou k nim domů a večer opět zpět. Ani nevím, proč táta tenkrát souhlasil. Každopádně si doma zapomněl léky, u tety dostal záchvat a jim nezbylo nic jiného, než mu zavolat záchrannou službu, která jej odvezla zpět do léčebny.

Po tomto incidentu nás teta začala nesmyslně slovně napadat, hlavně mamku, jak mohla dopustit, aby otec takhle špatně dopadl. Přijde mi to, jako když zloděj křičí chyťte zloděje, protože hlavně ona si měla sáhnout do svědomí!

V lednu 2005 táta oslavil padesátiny. Byli jsme mu popřát v sanatoriu. Cestou k nám mu po schodech upadly kalhoty, jak byl pohublý. Nemohl mluvit, jen šeptal. Ale i přesto byl v dobré náladě a byl rád, že nás zase všechny vidí. Vyprávěl nám, jak neustále slyší jednoho blázna pískat nějakou písničku (ve stejném areálu je i psychiatrická léčebna) a že ho mrzí, že už na něj nemůže zapískat zpět. Byl v tak dobré náladě, že jsme se s ním všechny hezky zasmály.

Pár dní po jeho narozeninách jsem měla i já své kulatiny – 20 let. Vyšlo to akorát na sobotu a Honzí měl jet v ten den zájezd na Šumavu. Tak jsem samozřejmě jela s ním, jelikož tam vezl jednu lyžařskou skupinu a měl celý den čekat a večer je zase odvézt zpět do Plzně. Celé to úplně vyzývalo ke krásnému výletu na zasněženou Šumavu.

Moc jsem si to užila. Byla jsem tam naposledy v páté třídě na jaře se školou na výletě, ale zimní Šumavu jsem nikdy nepoznala. Naše škola tam sice pořádala tzv."lyžáky", kde se učili žáci týden v kuse lyžovat, ale jelikož jsem neměla lyže a nikdy jsem na nich ani stát netoužila, na takové či podobné akce jsem prostě nejezdila.

Po návratu jsme strávili noc v Plzni a pak mě Honza jako každou neděli odvezl zpět domů. Tenkrát mi nikdo nic nenapsal, co se děje, pouze sestra poslala smsku, kde jsem a ať přijedu domů. Myslela jsem, že se mnou budou chtít též oslavit narozeniny a až do poslední chvíle jsem si udržovala úsměv na tváři z krásného předchozího dne. Ale už po příchodu domů mi bylo jasné, že se něco stalo. Mamka se sestrou seděly v obýváku se zataženými záclonami a měly zapálenou svíčku – otec dnes večer zemřel...

Je to zajímavé, že i když přijdete o někoho, s kým jste si v životě mnoho nerozuměli, dokáže vás to takřka položit během chvilky na kolena... Byla to pro nás opravdu velká rána.

Druhý den jsem samozřejmě do školy nešla. Ani mamka a sestra do práce. Přijel za námi truchlit sestřin přítel Ríša, který měl našeho tátu rád, jelikož si vždy spolu často dokázali povídat dlouhé hodiny v kuse o naprostých nesmyslech a měli z toho oba náramnou srandu. Richard si pak z nás občas utahoval tím, že na nás v nečekaných chvilkách vytahoval hlášky našeho otce a se smíchem prohlašoval: „A tohle má být můj budoucí tchán?!"

Ve škole mou absenci pochopili. Bohužel na praxi to bylo horší, jelikož vedoucí z knihkupectví, kde jsem byla na zaučení, si myslela, že si z ní někdo dělá legraci. Smutné na tom všem je to, že jí volala přímo moje mamka, která měla hodně co dělat se svou vlastní psychikou, natož se ještě hádat s někým, zda volá opravdu rodič nebo ne a zda uvedený důvod je pravdou. Každopádně děkuji naší „vedoucí" praktikantů ze školy, že mě po tomto incidentu už zpět neposlala, ale poskytla mi možnost zůstat ve školní knihovně.

Maminka dostala od lékařky nějaká hypnotika na zklidnění mysli. I když to nebylo určeno i pro nás, musely jsme je užívat též, jinak bychom snad nebyly schopny vůbec vyjít zpět mezi lidi. Z tohoto období musím říct, že mám naprosté „okno". Až tak na mě ty léky zabraly…

O to hůř pro mne bylo, že jsem měla před „svaťákem" a následnou maturitou. Opravdu jsem nebyla ve stavu na týdenní ležení u studia a příprav ke zkoušce. Ale řekla jsem si, že život musí jít dál a díky mamce, sestře a přátelům, hlavně Katky ze zdrávky a mé zlaté prodavačce z čajů p. Kozlové, jsem se donutila zase nabrat síly a jít dál.

Mamka často plakala, ale jak jsem již zmínila, vždy se snažila být silná, a nechtěla přenášet svůj smutek na nás. A občas se stalo, že u nás někdo ve večerních hodinách zaklepal a byl nám popřát za tátu upřímnou soustrast. Hlavně to byli tátovi kamarádi z protější hospody. Vždy byli opilí namol a mamka je víceméně vykazovala pryč, protože jediné, co na jeho památku vždy dokázali udělat, bylo to, že se zpili „pod obraz".

A byl za mamkou i Jirka. Jirka byl tátovo kamarád z dětství. Život neměl vůbec lehký. Jeho bývalá žena, se kterou měl pět dětí, se s ním rozvedla, a vyhodila ho z domu. A on zrovna tehdy během jednoho dne přišel nejen o střechu nad hlavou, ale i o práci. Jediné, co mu zbylo, byla stará škodovka tisícovka, kterou měl zaparkovanou u nás před domem a v té spal. Přes den jezdil hledat práci a jednou, když se vrátil ke svému autu, bylo bez pneumatik a stálo na špalkách. A aby toho nebylo málo, manželka samozřejmě vyžadovala výživné na děti a částka se zvyšovala den co den. Takto žil několik měsíců, až to tátovi přišlo líto a nastěhoval ho k nám, do našeho dřevěného domečku na zahradě, který už jsme stejně neobývali. Byl moc vděčný hlavně proto, že tenkrát zrovna začala zima. V domečku pod spacákem a u teplovzdušného topítka mu přeci jen bylo lépe než v autě.

Poté se uvolnilo pracovní místo u mamky v práci a on tam nastoupil. A tak se Jirka dostal k nám na zahradu, kde žil, dokud si nenajde bydlení. Bohužel bývalá manželka již na něj stihla podat exekuci za neplacení výživného, a tak se jeho hledání nového startu do života komplikovalo.

Po tátově smrti i on nám přišel vyjádřit upřímnou soustrast a musím říct, že to byl první normální a upřímný člověk v našem okolí, který takto učinil. Bohužel jsem to samé nemohla říci o naší zbylé rodině. Ale jak se říká, někdy je lepší cizí člověk, než příbuzný a on byl toho důkazem. Vidím ho, jako by to bylo dnes. Stál mezi futry do obývacího pokoje a říkal mamce, že ji má rád a je ochotný jí ve všem pomoci. Bylo to hezké slyšet, jak jí někdo upřímně lichotí, protože náš táta si vždy ze všeho dělal legraci a nás doma nazýval samými nelichotivými slovy typu „slepice, vrány" apod. a vždy si myslel, jak je strašně vtipný.

Mamka dělala, že Jirku neslyší a ignoruje, ale myslím si, že i jí ta jeho slova musela lichotit. A tak jsem se tajně za mamky zády začala další dny s Jirkou domlouvat, jak mamku zlomit, aby souhlasila a šla s ním na první rande.

Díky nové známosti s Honzíkem jsem už přestala vést noční život a získala tím tak mnoho volna. Přestala jsem pracovat v čajovém velkoobchodu, jelikož tam pan Marhout zaměstnal novou prodavačku, která byla ochotná pracovat i za 35 Kč na hodinu a seděla tam celé dny až do večera. Byla takový podivín, vždy si do práce nosila velkou tašku s neznámým obsahem, a poté s ní zase odcházela domů. Jednou mi Vietnamec, který měl naproti otevřený obchod s oblečením, řekl, že mu někdo ukradl dvě vystavené zimní bundy z chodníku a že si myslí, že to udělala ona, jelikož ji pak viděl s tou velkou taškou jít rychle domů. Opravdu nevím, jak to bylo, každopádně jsem do toho obchodu postupně přestala docházet, byť se jen tak podívat. Daniela měla invalidní důchod kvůli depresím a doneslo se ke mně, že snad jednou chtěla spáchat sebevraždu, jelikož její syn je feťák a občas se objeví u ní v bytě a celý jej vykrade. A že ona chodí po brigádách, aby zpět vykoupila svoje věci ze zastaváren, jelikož jej nechce udat na policii. Ale opět se mi nechce soudit, jak vše doopravdy bylo. To, že měla syna, vím od ní samotné, ale jaký měli mezi sebou vztah už je jen a jen její věc a ona mi o něm nikdy nic moc nevyprávěla. A pokud byla pravda to, co jsem slyšela, vím a vidím to ze svého okolí, že pro matky je vždy nejhorší a nejtěžší věcí na světě připustit si, že jejich vlastní potomci se tak nějak vymkli jejich představám. Až později jsem si vyzkoušela, jaké je to být matkou a mnoho svých názorů na svět jsem přehodnotila. Ale tenkrát jsem byla ještě moc mladá na to, abych všemu dokázala porozumět tak, jak to cítili ostatní.

A tak jsem měla najednou více času i na plány do budoucna, co s mamkou. S Honzou jsme se domluvili, že po mé maturitě vyjedeme zkusit štěstí do Anglie, a já jsem z jeho nápadu byla nadšená, jelikož „únik" z toho všeho bylo pro mě a mou mysl jako vysvobození.

Ale zároveň jsem nechtěla nechat mamku napospas naší tetičce, která mamku od tátovy smrti neustále zásobovala nenávistnými esemeskami a telefonáty o tom, jak za jeho smrt může ona a že ať si nemyslí, že dům, ve kterém žije, zdědí ona a my se sestrou, že se o něj s námi bude soudit (dům kdysi patřil dědovi, ale můj táta jej od něj odkoupil). Byla to sice naprostá hloupost, to, co říkala, ale nebylo to nic příjemného. V ten čas jsem usoudila, že tato část rodiny pro mě přestala být nadobro rodinou, protože

tohle se prostě nedělá! V době, kdy jsme byly na pokraji psychického zhroucení, řešit ještě něco takového?! Ne! Mamka na to neměla sílu, ale zato ve mně vřela krev...
Po tátovi jsme tedy měly řešit dědictví. To byl také velký problém. On nám nikdy neřekl, kolik toho on sám zdědil po svých rodičích (děda byl zemědělec a často se stěhoval po České republice). Věděly jsme pouze o pár polích v našem okolí, jelikož jednou za námi přijela má sestřenice a přemlouvala otce, ať jí věnuje svůj podíl (po dědovi vše zdědili samozřejmě všichni sourozenci, táta, strejda a teta, takže z každého kusu pozemku měl každý jednu třetinu), ale ona byla čerstvě vdaná a chtěli si postavit dům. Lámali ho s tetou dlouho, ale nakonec ho mamka přesvědčila, že i my jednou budeme chtít možná někde postavit dům, a tak z darování sešlo. Sestřenice se se svým přítelem stejně v brzké době rozvedla, takže to nakonec dopadlo dobře. Nu ale to bylo snad vše, o čem jsme věděly. Jenže notářka trvala na zákonech a že jsme prý povinni uvést veškerý majetek do dědického řízení. A jelikož najednou příbuzenstvo mlčelo, musela mamka obeslat žádosti na veškeré katastry v Čechách, zda náhodou otec u nich nevlastní nějakou nemovitost. Díky tomu se řízení protáhlo na více jak třičtvrtě roku! Ano, jak se říká, skutečně jsou někdy lepší cizí lidé než vlastní rodina...
Vypátrali jsme i jednu zbořeninu v jedné zapadlé vsi, 15km od nás. Mamka si vzpomněla, že tam kdysi děda s babi žil i s babiččinou sestrou a jejím manželem. Zeptala jsem se na to tedy strýce, který byl alespoň po úmrtí našeho otce toho srdce k nám přijít

vyjádřit svou upřímnou soustrast a nabídl nám pomoc, když ji budeme potřebovat. Ale jak jsem začala mluvit o této zahradě, okamžitě otočil a řekl mi, že tam nic není, že je to pouze „pangejt" a že o tom dál neví nic. A tak jsem byla opět tam, kde jsem byla na začátku. Ale pro řízení jsem musela mít vyhotovený odhad. Naštěstí jsem měla díky šachům známou, která si přivydělávala vyhotovováním odhadů a její manžel byl geodet, a moc mi tenkrát pomohla. A zajímavé na tom je to, že to ráno, než jsme spolu všichni odjížděli na dosud nepoznané historické místo našeho rodu, jí volala má teta a chtěla po ní, aby jednu kopii odhadu poslala i jí, jelikož ji to moc zajímá.

Naštěstí paní odhadkyně byla na naší straně a nenechala se zviklat slovy mé jedovaté tety ohledně smlouvání, ať cenu udělá co nejmenší, že tam není vůbec nic a že my to stejně dědit nebudeme.

Pozemek byl obrovský – skoro 3500metrů čtverečních. Je tedy pravda, že byl neudržovaný, takže všude kolem byly nálety vzrostlých stromů a keřů, ale měl studnu a za tu se v obci platilo zlatem, jelikož obec nebyla připojena na žádný vodovodní ani kanalizační systém. Jediná nevýhoda byla ta, že téměř uprostřed stál sloup s telefonním kabelem. Ale jinak to bylo moc pěkné a klidné místo. Manžel odhadkyně se té krásy nemohl nabažit.

Mezitím, co oni měřili a zapisovali, obešla jsem si celou ves a zašla jsem se podívat k vedlejšímu domu, zda tam ještě někdo bydlí. A bydlel. Po chvilce vyšla stará paní, kolem devadesáti let, a tak jsme se spolu dali do řeči. Mimo jiné jsem se též dozvěděla, že den před mou návštěvou tam byli již moji příbuzní, respektive teta, která si nejspíš přes závist neviděla na špičku nosu. Prý sháněla po obci informace o pozemku a dále hledala někoho, kdo si pamatuje historii obce. Pravděpodobně se chystala na žalobu, jen abychom náhodou něco po otci nedědili. Ale pouze mě to utvrdilo v tom, co je za charakter.

A během této doby Richard požádal o ruku moji sestru a díky tomu nás také vytrhl ze zármutku a my jsme se těšili na budoucnost.

Bohužel jsme neměli peníze na velkou svatbu a na Ríšu se na poslední chvíli vykašlala i jeho rodina, která si pravděpodobně přála pro svého syna jinou, lepší partii, a rozhádali se spolu natolik, že odešel z domova a nějaký čas bydlel i s mojí sestrou v bytě u kamaráda. A jak jsme se brzy přesvědčili, když se mají dva lidé rádi, peněz netřeba k tomu, aby svatební den byl pěkný. Šla jsem jí za svědka a on měl za svědka svého kamaráda Lukáše. Pozváno bylo pár dalších přátel, kteří dělali na svatbě řidiče, a myslím, že jsme si to pěkně užili.

Krátce nato si spolu našli byt a konečně mohli bydlet jako opravdová rodina.

A tak jsem s mamkou zůstala doma sama. Ano, na víkendy jsem jezdila k Honzímu, ale mamku jsem tam vždy nechávala nerada samotnou. A tak jsme vymysleli s Jirkou, který stále bydlel v „domečku" na zahradě, plán, jak mamku vytáhnout mezi lidi a přesvědčit ji, že on ji má opravdu moc rád. A také se nám to skoro vždy podařilo. I když mamka se víceméně tvářila nedostupná, bylo to spíše asi jen kvůli mínění ostatních lidí, aby o ní nekolovaly zvěsti, že po tak krátkém skonu otce si našla jiného přítele. Ale mamka zůstala sama ve velkém domě, my se sestrou obě měly našlápnuto na odchod do světa a ona by to opravdu sama nezvládla.

A tak se jednoho dne stalo, že jsem je po návratu ze školy našla v obýváku ve slzavém objetí, což mi udělalo neskutečnou radost.

Mamka se mi omlouvala, ať se na ni nezlobím, ale že ona opravdu nemůže být na vše sama. Ale copak se můžete zlobit na někoho, kdo chce být konečně šťastný? Poté chtěla být s Jirkou na chvilku sama a já jsem s velkým nadšením odešla pryč, jen aby si to spolu vše vyříkali v klidu. A tak se Jirka konečně nastěhoval k mamce do domu a jelikož byl velice pracovitý, ne jako náš táta, postupně se pustil do rekonstrukce celého našeho domu.

A najednou přišla maturita a s ní rozhodující den v mém životě – pokud zkoušku zdárně složím, navždy odejdu z tohoto domu a začnu i já společný život se svým přítelem, navíc v úplně cizí zemi... A jelikož Jirka pokračoval s rekonstrukcemi rychle, můj pokoj si nechal až nakonec, až si v klidu sbalím všechny věci. A že jsem je balila každý den! Nejraději bych si je vzala všechny sebou, na všechno jsem měla vzpomínky. Ale bohužel to nešlo a já věděla, že se s tímto domem a s naším pokojíčkem, budu muset v brzké době rozloučit navždy. A mnoho dní i večerů jsem trávila pouze tím, že jsem seděla na posteli a rozhlížela jsem se po pomalu se vyprazdňující místnosti, kde už po mně zbývaly jen krabice. Pár posledních procházek s naším kamarádem Standou, pár posledních večerů s mou sestrou a mamkou a najednou čas utekl tak rychle, že jsem stála před školou a čekala, až to vše budu mít za sebou.

Nebylo to pro mě vůbec lehké jít tam, protože jsem měla pořád v sobě mnoho bolavých a prázdných míst po otci, ale řekla jsem si, že je to výzva a já ji musím zvládnout! Jelikož jsem se moc těšila na dobrodružství s Honzím, spojené s odjezdem do Anglie.

Nakonec vše dopadlo dobře. Na to, jak jsem se obávala, že budou otázky těžké, mi pravděpodobně nějaká vyšší moc vedla ruku při výběru otázek a maturitu jsem zvládla i bez svaťáku a jakýchkoliv příprav!

S pár kamarádkami jsme vše zašly po škole oslavit a pak už pro mě bylo na sto procent jasné, že mě čeká docela jiný a hlavně úplně nový život.

Honza nám pořídil nové auto, bylo to takové malé červené autíčko. Vzal si jej na leasing, protože věděl, že ze dvou anglických platů si jej můžeme dovolit a že jej hravě za pět let splatíme a budeme mít krásné nové auto.

Na internetu našel jakousi českou agenturu v centru Liverpoolu. Pán nabízel ubytování i zprostředkování práce. Ale samozřejmě pouze vše přes něj. Platilo se měsíčně 175 liber za nájem za osobu, plus kauce za bydlení, každý po sto librách. Honza zjistil od pána adresu a ten mu řekl, že je mu jedno, kdy a v jakém počtu dorazíme, jelikož on je v kanceláři každý den. A tak začala naše dobrodružná cesta do Anglie...

Zabalila jsem si posledních pár tašek s věcmi, večer jsem se rozloučila s mamkou, která ráno musela jít do práce, a šla jsem spát. Ráno kolem deváté mě měl

Honza vyzvednout i s věcmi a mohli jsme vyrazit. Chtěla jsem si sebou vzít opravdu co nejvíce věcí. Vůbec jsem netušila, jak dlouho budeme pryč a kam vlastně jedeme, ale věděla jsem na sto procent, že sem, do svého pokoje, se už nikdy nevrátím. Čekání bylo nekonečné. Pořád jsem stála u okna, chvilku seděla na posteli a čekala s telefonem v ruce. Až konečně Honza přijel a narvali jsme skoro celé auto k prasknutí, jelikož i on měl sebou mnoho osobních věcí. Ale na rozdíl ode mě on si mohl nechat věci v bytě své mamky, já ne.
Konečně jsme vyjeli. „Tak pa, vzpomínky," povzdechla jsem si naposledy…

Vzpomínáš?

Dnes už nám zbyly pouze vzpomínky
na vlasové pramínky
co poprvé česaly nám maminky
na otcův pyšný pláč
a radost
Vzpomínáš?
Na první kroky po koberci
na toužení po komerci
na čtení máminých pohádek
usínající tatínek
Na jejich tichý pláč
Vzpomínáš?
Na své první „B"
jak se vlastně čte?
Maminka radí
 S otcem kamarádi

Schovaný v radost a pláč
Vzpomínáš?
Na první pravopisné chyby
jaké „i" ve slově kdyby
na maminčin úsměv
na otcův pyšný pohled
na jejich strach a pláč
Vzpomínáš?
A dnes jak tiše sedíš
div z hnízda nevyletíš
maminka jak buchty peče
otec vzteky brousí meče
v tobě stesk a pláč
Koho teď na pomoc přivoláš?

Cesta byla opravdu dlouhá. Hlavně přejet celé
Německo trvalo strašně dlouho. Hrozně jsme na něj
nadávali, jak je možné, že je tak velké? Cesta nám
vůbec neutíkala. Byl hrozný hic, ale naštěstí nám v
autě fungovala klimatizace. Až jsme konečně dorazili
do Doveru ve Francii, kde jsme dokonce měli ještě
hodinu času, než dorazil náš podzemní vlak. Byli jsme
už hodně unavení, a tak jsme se domluvili, že se po
cestě do Liverpoolu bude lepší někde vyspat. A jelikož
Honza měl nějaké známé z autobusu, o kterých věděl,
že by v tu dobu mohli být se skupinkou turistů
ubytováni kousek od Londýna v jednom malém
soukromém penzionu, rozhodl se vydat rovnou tam.
Když jsme projížděli pod Lamanšským
průplavem, byl to takový zvláštní pocit, když víte, kde

se nacházíte. Ale cesta trvala jen necelou hodinu a to bylo moc fajn. Venku už vládla tma, a na nás čekala hned nová zkušenost v podobě jízdy na druhé straně silnice. A nejvíce nás překvapily kruhové objezdy, jelikož tam nebyly jako u nás obehnané betonem a vyzdobené květinami, nýbrž na silnici byla mnohdy pouze bílá tečka, a okolo ní se jezdilo. Naštěstí v noci nebyl tam, kudy jsme jeli, skoro žádný provoz, takže byl alespoň čas a prostor si vše natrénovat na druhý den, který dle čisté noční oblohy bez mraků sliboval pěknou slunečný pohodu.

Kolem půlnoci jsme dorazili do malého penzionu, kde skutečně přenocovala skupinka Čechů. Nechali nás tam s nimi přespat v jedné místnosti ve spacácích. Ráno nás pohostili snídaní, ke které byly čerstvé rohlíky s marmeládou, a chvilku po osmé jsme zase vyrazili na cestu, neboť do Liverpoolu to bylo ještě daleko. A cesta se zase táhla strašně pomalu. Hlavně jsme netušili, co tam na nás čeká a už jsme začali o všem mít pochybnosti. Hlavně o panu Milanovi, který vedl českou pracovní agenturu v Anglii. Neustále jsme se obávali, že to bude podvodník. Honzí si už připravoval v hlavě scénář, že se v případě nouze otočíme a zpět pojedeme do Čech. Ale to jsme samozřejmě nechtěli ani jeden, už jen z důvodu, co by si o nás doma pomysleli, po tak velkých a dlouhých přípravách na cestu a na život tam a po třech dnech bychom byli zpět? Považovali jsme to za svůj krok do světa na zkušenou.

Naštěstí Honzík měl navigaci, bez ní bychom byli asi úplně ztracení.

Do Liverpoolu se nám povedlo dorazit sice jen podle značek, ale požadovanou ulici bychom už v něm určitě nenašli. Ale což o to ulici, tam jsme byli dobře, pouze jsme na dané adrese nemohli nikde zastavit, jelikož byla přesně v polovině ulice hned vedle přechodu pro chodce na hlavní. Takže jsme museli auto nechat o kilometr dál na vzdáleném parkovišti u nějakého marketu a věřte mi, že jsme auto jen neradi opouštěli, když mělo v sobě ukryty všechny naše cennosti a navíc mnoho soukromých osobních věcí. Každopádně doklady, navigaci atd. jsme si vzali s sebou a vyrazili, ale už s velkými pochybnosti o úspěchu cesty, jelikož při projíždění cílové ulice jsme si všimli skupinky Romů opírajících se o zábradlí, které bylo nepříliš vzdálené od kanceláře agentury.

Každopádně jsme tedy šli zjistit pravdu. A samozřejmě jsme si povídali, česky, o svých dojmech, když tu nám při míjení již zmíněné skupinky Romů, jeden z nich v našem rodném jazyce odpověděl:„ Ahoj, tak to seš ty ten blázen, co se nebál sebrat z Čech a přijet až sem úplně naslepo?!"

A to nás v tu chvíli naprosto omráčilo. A nebylo čemu se divit. Po více než 1200 ujetých kilometrech z naší rodné země na nás v ulicích Anglie vybafne cikán se zlatými řetězy kolem krku s celou svojí rodinou. A tak jsme se s nimi dali do řeči. Když dokouřil cigaretu, pozval nás dovnitř do kanceláře. Tam jsme se trochu uklidnili, jelikož tam seděl ještě jeho spolupracovník neromského původu a právě dělal registraci dalším nově příchozím a jiným přiděloval práci na další týden. Proto jsme se i my rozhodli to s nimi risknout, jelikož jsme si říkali, že odjet přeci můžeme kdykoliv a maximálně přijdeme o pár set liber, což za záchranu života a svědomí stačí.

Bohužel či bohudík, veškeré domy, které si pronajímali od Arabů a posléze tam ubytovávali za poplatky nás, české pracovníky, měli již plně obsazené. Zdůvodnili to slovy, že na náš příjezd nebyli připraveni. Ale „štěstí" bylo, že zrovna ten den podepsali smlouvu na nový dům, ale ten ještě nebyl připravený k bydlení. Ale přesto nás tam doprovodili autem s tím, že pokud dům uklidíme a připravíme i pro další lidi, kteří se k nám v brzké době nastěhují, zaplatí nám za tu práci i za veškeré prostředky na umývání. A tak jsme souhlasili. Ještě ten samý den nám tam přivezli postel s matrací, dekami a polštáři se slovy, že v pondělí se sejdeme v kanceláři. K naší smůle byl čtvrtek. Ale nakonec nám to nevadilo, alespoň jsme měli čas se pořádně poohlédnout po okolí. A též se spřátelit s naším novým obydlím.

Byl to docela velký dům klasického anglického stylu. Dole jedna místnost s okny do ulice, tam jsme si nejdříve dali postel s tím, že je to nejlepší místnost z celého domu kvůli výhledu z okna ven na auto. Ale jelikož to bylo hned vedle chodby u vchodu, přes kterou by pak každý chodil kolem, rozhodli jsme se nakonec odstěhovat do patra do místnosti sice menší, ale též měla okno do ulice a byl to určitě lepší výhled než dole. Samozřejmě dole byl velký obývák, kuchyň a koupelna se záchodem. V patře byly tři další místnosti, ta jedna byla bez oken, pravděpodobně to mělo sloužit jako „kumbál". Celý dům byl podsklepený a dveře do sklepa byly hodně dobře zajištěné. A my jsme ani netoužili vědět, co vše se v něm skrývá.

Celý dům jsme tedy dali do pucu. Ale nejdříve jsme museli navštívit obchod, abychom nakoupili nějaké desinfekční prostředky a věci potřebné k úklidu. A tak jsme vynosili do domě věci, uložili si souřadnice jeho polohy do navigace a vyjeli hledat nějaký obchodní dům. Ale pořád jsme se cítili tak nějak nesví, v cizím prostředí, vůbec jsme netušili, co se s námi bude dít dál.

Nedaleko od nás byl jeden větší market, a tak jsme se do něj s chutí vydali. Měli tam snad úplně všechno, na co si člověk jen vzpomene. Poté jsme znovu vyrazili k našemu novému domovu, který jsme celý vyčistili, místnost po místnosti. Uvařili jsme si večeři a šli spát. Je to divné spát v tak velkém domě, a ještě ke všemu prázdném. To ticho bylo trochu děsivé.

Druhý den ráno ale přijel Milan se svými pomocníky. Navozili do domu další postele, matrace a deky s tím, že od příštího týdne tam nebudeme sami. Tuto skutečnost jsme přijali. Přeci jen jsme do Anglie vyrazili za vidinou výdělku a ne krásného života. Byli jsme mladí, bez dětí a nevadilo nám, že budeme někde bydlet jako na ubytovně. I když jsme se pochopitelně trochu obávali, jací budou naši spolubydlící. Nu a pak odjeli a nás opět čekalo pár dní v prázdném tichém domě. A tak jsme se jen tak potulovali autem po okolí, a kochali se starými památkami. Anglické kostely jsou moc krásné. Bohužel počasí bylo už od našeho příjezdu pořád pochmurné. Nepršelo, ale též nesvítilo slunce, a tak ani v domě nebylo zrovna nejtepleji, i když byl červenec.

A pak konečně po zvláštním neklidném víkendu plného nejistot a pochyb přišlo pondělí a my se vydali znovu do kanceláře. Ta byla přeplněná lidmi, kteří stáli až venku na chodníku, což nás opět trošku vyvedlo z míry. Nicméně nás všechny po chvilce odvedli do zadní místnosti, kde si připravili menší znalostní testy z jazyka, matematiky a též formuláře o našem vzdělání. Tyto papíry byly důležité pro naše budoucí zařazení do pracovního systému ve Velké Británii. A byla jsem moc překvapená, kolik lidí neumělo anglicky ani pozdravit a přesto mělo tu odvahu tam přijet a chtít pracovat. Tohle snad opravdu nikdy nepochopím.

Po rozdání dotazníků nás nechali na chvilku všechny o samotě, a tak pochopitelně ti, co neuměli ani ťuk, opisovali od těch, kteří alespoň tušili, co se po nich chce. Já jsem měla tu výhodu, že jsem byla čerstvě po maturitě z angličtiny a co se týče slovíček, těch jsem se za dob mého studia naučila opravdu hodně. I když je pravda, že dodnes neumím úplnou anglickou gramatiku, hlavně několik slovesných časů, ale všemu psanému jsem rozuměla a když ne já, tak Honza určitě, jelikož uměl zase jiná slovíčka a fráze, nežli já z učebnic. Takže jsme nakonec z testu my dva vyšli jako naprosté jedničky a také se podle toho k nám pak „šéfové" chovali. U mě hlavně smekli klobouk, když viděli v dotazníku zapsáno, že mám maturitu z angličtiny. Oni sami totiž nic takového neměli a hned si můj um podškrtli zvýrazňovací fixou s tím, že já určitě o práci mít nouzi nebudu. U Honzího se jim zase moc líbilo, že má profesní řidičský průkaz na téměř všechny skupiny vozidel, o takové lidi je prý velká nouze. Ostatní byli samý chechot a smích a na mnoha bylo vidět, že to vše mají pouze za zábavu a že se i někteří dostavili pod vlivem alkoholu. Nicméně po hodině či možná více nás opět rozpustili s tím, že nás budou v brzké době kontaktovat, kdy a kam máme nastoupit do práce.

Před kanceláří nás seznámili s pár našimi novými spolubydlícími. Byl to jeden mladší manželský pár a jedna starší Slovenka. Dále nám bylo sděleno, že do večera k nám ještě přibudou dva mladí kluci, vysokoškoláci, kteří si sem přijeli něco přivydělat přes prázdniny. A tak se náš dům pomalu zaplnil a naštěstí jsme si všichni docela padli do oka. Pár dní jsme se seznamovali, jelikož nikdo ještě z kanceláře nevolal, že máme někdo konečně někam nastoupit, ale v domě vládla docela dobrá atmosféra a brali jsme celou situaci s humorem.

Když nám do středy odpoledne nikdo nezavolal, Honzí už to nevydržel a zavolal Milanovi sám, jak to tedy vidí s prací, jelikož jsme byli v Anglii už týden a nic se nedělo. A tak jsme konečně dostali příležitost si jít něco vydělat... a ostatně i zbytek našich spolubydlících.

Jelikož v agentuře, která zajišťovala práci, byla zaměstnaná mimo jiné i jedna Slovenka, nebyla potřeba znát anglický jazyk. Problém však nastal, když telefon zvedl někdo jiný a dotyčný ani neuměl říct, koho shání a co má za problém. A mnohdy seděla Slovenka vedle toho, kdo telefon u nich v kanceláři zvedl. Tak nás jednou Michal všechny sezval k němu, a všem nám byl dán papír s instrukcemi, jak se telefonuje správně do agentury a ve spodní části byly věty v angličtině s překladem do slovenštiny, s frázemi, které máme používat a co dělat v případě, že tam Michal nebude. Někomu to může přijít vtipné, ale pro některé to byla záchrana a jediná angličtina, kterou zvládl každý.

Bylo tam přeloženo i slovo No a Yes. Mezitím, co nás to rozesmálo, jiné naše reakce pobouřila, jako kdyby bylo něco divného na tom, že v Anglii se mluví anglicky.

Jelikož jsme s Honzou dělali každý na nějakou směnu, skoro jsme se přes týden ani neviděli. Ze začátku jsme s Honzím jezdili na společné brigády. Posílali nás spolu asi kvůli autu. Jednou jsme třídili oblečení do papírových krabic, poté jsme balili maso – spíše masné výrobky – do připravených přepravek a podobně. Až nás jednou poslali do jedné, pro mě moc příjemné firmy, do velkoskladu s nejrůznějšími krabičkami – od krabiček na prstýnky až po krabičky na manikúru a brýle. Připravovaly se tam objednávky do celého světa. První týden jsme tam pracovali oba, ale takováhle titěrná práce nebyla vhodná pro muže, a tak Honzí sám požádal, zda by se mohl vrátit na svou původní pracovní pozici, kde balil v chlaďáku masné výrobky na palety, a vyhověli mu.

V té firmě, kde jsem zůstala já, pracovaly ještě tři Slovenky – jeden partnerský pár a jedna svobodná holčina. Pracovaly tam už více než tři roky a byly s prací moc spokojené. Dále tam byla jedna Češka, Karina, starší paní, která i přesto, že v Anglii žila už skoro pět let, anglicky neuměla vůbec nic. Podle jejích slov jen potřebovala někoho, kdo se bude učit s ní a vždy jí vysvětlí nesrovnalosti v gramatice, které neustále sama v hlavě řešila. V té práci se mi to moc líbilo, jelikož všichni mi přišli moc přátelští, i když je pravda, že Angličané se k nám chovali hodně konzervativně. A pravděpodobně jsem se i já zamlouvala zaměstnavateli, jelikož si mě v jeho firmě vyžádal od naší agentury na delší dobu, což mě těšilo víc, než představa pendlování z jedné práce do druhé, jak to někteří z agentury měli. Sice jsem tam musela dojíždět autobusem, ale i tak to šlo, jelikož pracovní doba byla docela fajn. Milan s Michalem (spolumajitel agentury) byli také spokojení, jelikož mi po jednom týdnu odpracovaném v této firmě řekli, že do této firmy se snaží už několik let někoho prostrčit, ale zatím mu každého hned po jednom odpracovaném dni vrátili zase zpět. Pravděpodobně to bylo kvůli neznalosti jazyka, jelikož zde byl jazyk opravdu potřebný. Stačilo jim pouze rozumět, a já, jelikož jsem už dříve vyřizovala mnoho objednávek na brigádách podle faktur, už jsem věděla, co se po mě chce za práci. A i jsem se velice rychle zorientovala v jejich velkém skladu a systému uloženého zboží, tak proč by mě posílali pryč že, když potřebovali pomoc? Možná mi hodně pomohla dřívější práce u pana Marhouta v jeho velkoobchodě…

Po měsíci chechtání s „krajankami" k nám přibyly další tři nové holky na výpomoc. Firma se chystala na vánoční zakázku. Měli vyrazit loga jedné firmy na čtyři palety krabiček na prstýnky, hodinky a všelijaké podobné cennosti, ale bohužel jim zboží navlhlo a potřebovali to nějakým způsobem co nejrychleji očistit a vysušit. A tak nám vyrobili celou „montážní" linku. Dvě čistily štětečkem, jedna otírala nějakou voňavou desinfekcí na semiš a poté krabičky po páse zajížděly do „pece", kde oschly, a ssssssssssssssssssssssna konci té linky byla čtvrtá, která krabičky dávala zpět na paletu. A tam jsme se sešly opravdu moc fajn parta holek. Bohužel tyhle holky taktéž neuměly jazyk, a tak jsem veškerou komunikaci mezi nimi a šéfy vyřizovala já. Ale nevadilo mi to. Naši šéfové, Sean a Liem byli moc fajn lidé a i když by ostatní holky asi kvůli neznalosti brzy vyhodili, díky tomu, že jsem jim vše mohla přetlumočit, jejich angličtinu nikdo neřešil a šéfové se starali jen o to, abychom stihly udělat práci, jakou nám zadali. A to jsme plnily.

Nejvíce jsem se skamarádila s Janou. Jana byla stejně stará jako já, přijela do Anglie se svým tátou a s přítelem přes stejnou pracovní agenturu jako my. Jezdily jsme do práce stejným autobusem a občas jsme po práci spolu chodily i na společné nákupy či na pokec do místní restaurace. Stala se mou nejlepší kamarádkou. Jenže bohužel se mezi nás vmísila Karin.

Ze začátku byla samý smích a legrace, neustále nám o pauzách v práci vyprávěla o všech pracovnících z firmy,a hlavně o Seanovi, do kterého byla dle svých slov zamilovaná až po uši. Měla syna, který úplnou náhodou žil v Plzni, a tak jsme se spolu i domluvily, že až pojedeme někdy s Honzíkem do Čech, že si spolu něco přes nás vymění. V práci se na nás mladé nalepila a snažila se mezi nás zapadnout za každou cenu. Jednoho dne mně už došla trpělivost s Angličany, kteří kolem nás v odpočinkové místnosti – kuřárně – neustále chodili obloukem, a nejevili zájem se s námi bavit. Až jsem jednou od jejich stolu zaslechla, že si o nás povídají. Opravdu nemravně jsem se jim vmísila do rozhovoru. Všichni v tu chvíli zrudli. Celá léta byli pravděpodobně zvyklí, že Slováci, jakožto nekuřáci s nimi nebývají v kuřárně a nově příchozí brigádníci neuměli jejich jazyk. To se však změnilo mým příchodem...

Po krátkém rozhovoru asi usoudili, že mezi nimi a námi nebude zase tak velký rozdíl. Jelikož jsem se například od nich dozvěděla, že si až do dnešního dne o nás mysleli, že v Čechách nemáme barevnou televizi a moc jsem je překvapila informací, že tam dokonce máme i počítače. Rozhovor to byl opravdu na „úrovni" to vám povím. Psal se rok 2007! Na konci jsem se ještě dozvěděla od jednoho „kmeta", Billa, že naprosto přesně ví, kde se naše republika nachází. Prý vedle Číny. Poté už jsem s nimi rozhovor raději ukončila, protože Bill tímhle celému rozhovoru nasadil korunu.

Ale od toho dne se k nám začali chovat úplně jinak. Asi to bylo díky zjištění, že jsme právě neslezli ze stromů, ale též pocházíme z civilizace žijící na této planetě. A dokonce, světe div se, nás i začali zdravit. Postupně se vyptávali na více věcí, jak to u nás vlastně funguje a myslím, že jsme spolu všichni konečně navázali přátelské pouto. A bylo to moc fajn chodit do takového prostředí pracovat, to jsme se hned těšili na další nový den.

Honzí byl též spokojený se svou prací. Sice jsme se spolu viděli jen v noci, ale vynahrazovali jsme si to o víkendech. Myslím, že se nám po pracovní stránce dařilo dobře. Kluci – vysokoškoláci - byli neustále samá sranda a jezdili s ním do stejné práce na stejné směny. Z práce se vždy vraceli vysmátí a plní nových zážitků. O víkendech jsme vždy společně vyráželi na nákupy a opravdu byla vždy legrace. Karina začala žárlit. Byla tu tolik let a nikdy se jí nepovedlo zapadnout mezi Brity tak, jako se to mně povedlo za měsíc. Uměla jsem lépe jazyk nežli ona a šéfové do mě vkládali svou důvěru. Bylo to pro ni pravděpodobně velké sousto, a tak pomalu jako pavouk začala zákeřně spřádat svoje sítě. Jelikož navenek se tvářila jako kamarádka, ale uvnitř byla zahořklá sama sebou a svým životem. Ale byla jsem tenkrát moc důvěřivá a naivní na to, abych brzy pochopila, oč jí doopravdy jde…

A jelikož i ona s námi jezdila autobusem do práce, dostaly jsme s Janou jednoho dne nápad, že bychom se všechny společně mohly učit každý čtvrtek po práci angličtinu u Kariny v bytě. Ta samozřejmě jásala radostí. Ale z hodin angličtiny nikdy moc nebylo, jelikož nám Karinka neustále vyprávěla o svých problémech v Čechách a gramatika ji vůbec nezajímala. A tak se náš spolek rozpadl úplně.

Moje mamka v Čechách neustále řešila problémy ohledně dědictví. Byly jsme domluvené, že až bude vše připravené, sejdeme se u notářky vše podepsat a konečně vyřídit. Ale moje teta nás prostě nehodlala nechat ani za nic v klidu. Neustále volala mamce a vymýšlela si hlouposti typu, že si právě vzpomněla, že mamině kdysi zapůjčila nějakou knihu a teď ji chce zpět a dokonce jí volala před tím, než k mamce přišla odhadkyně na dům, že nám chce pomoci, aby prý odhad za dům nebyl moc vysoký a my poté nemusely platit vysokou daň státu, a tak prý odvezou z tátovo dílny veškeré jeho truhlářské náčiní, stroje, apod. a že je pak opět samozřejmě vrátí zpět. Už je tomu skoro 12 let a nikdo neměl ani snahu nám je vrátit, či to jinak začít řešit. A to se jednalo o opravdu drahé pily, které táta používal ke svému koníčku a pravému řemeslu, kterému se vyučil – k truhlaření.

Tak mě to rozčílilo, že jsem hned volala tetce domů a chtěla po ní vysvětlení, co že to opět na nás šijí za „boudu". Měla jsem zakoupenou v Anglii simkartu se speciálním tarifem na volání do zahraničí, ale pouze na pevné linky. Už přesně nevím, jak to fungovalo, ale matně si vzpomínám, že poplatek byla pouze jedna libra a poté jsme mohli vést nekonečně dlouhý hovor. A takto jsme si vždy jednou týdně volaly s mamkou. Neměly jsme doma pevnou linku, tak mamča využívala telefonní budky. Vhodila tam minci, 10 Kč, prozvonila mě na důkaz, že je již na místě, a já jí hned volala zpět. A moc dobře jsem tedy věděla, že ona neplatila za hovor nikdy nic. A tak jsem tedy zvolila pro volání tetě právě pevnou linku. První její otázka směřovala na její sestru, mou sestřenici, která stála patrně vedle tety (paní vysokoškolačka to přeci musela vědět nejlépe, lépe nežli já), zda ona nebude platit za tento hovor. Protože pokud ano, nechce se mnou mluvit vůbec. Pohádali jsme se spolu, i se sestřenicí, ta mi totiž, upřímně, vždy přišla svými názory úplně mimo realitu, a poprosila jsem ji, ať už naši rodinu vynechá ze svého života. To sice neudělala, ale mně se alespoň v tu chvíli ulevilo, jelikož jsem jí mohla říct konečně od srdce vše, co ve mně dřímalo tolik let a nesměla to nikdy říct nahlas.

A pak nastala chvilka ticha.

Na konci prázdnin jsme se dohodli s Honzím, že by bylo hezké navštívit nečekaně v Čechách naše rodiny, a tak jsme si zarezervovali let a v agentuře nám dali týden dovolenou. Poprvé v životě jsem letěla letadlem a byl to opravdu zážitek. I když trval jen chvíli, naprosto mi to stačilo. Hlavně letištní kontrola byla v celku zajímavá, jelikož před naším odletem jsme si s Janou ze srandy obě odbarvily vlasy na blond, takže chvilku jim trvalo, než mě na té fotce z pasu, kde mám černé vlasy, poznali a pustili do letadla.

Ale jelikož jsme nejeli autem, museli jsme si zařídit odvoz z pražského letiště. Ale odvoz spolehlivý, aby i on mlčel o našem tajném příjezdu. Proto padla volbu na Honzího sestru. Z letiště jsme jeli rovnou k jeho mamině do Mariánek, byla myslím sobota odpoledne a ona nic netušíc seděla v obýváku a myslím, že zrovna čistila houby. To bylo ale překvapení!

Druhé překvapení jsme připravili druhý den mojí mamce, respektive babi, která měla narozeniny. Seděly spolu na zahradě a slunily se. Bylo to hezké je zase vidět po tak dlouhé době. Potom Honzí odjel a já na jednu noc zůstala v Plzni u sestry v bytě.

Druhý den jsem měla domluvený sraz s Karininým synem na plzeňském náměstí. Byl to sraz naslepo, ale zvládli jsme to. Předal mi pro ni knihu s fotografií jeho dcery, Karininy neteře, která měla být nemocná. Myslím, že měla nedovyvinuté plíce a od narození měla neustále jednu operaci za druhou. Karina o tom neustále mluvila v Anglii s Brity tou svou lámanou angličtinou a všechny ženy z ní byly vždy opravdu naměkko. Vůbec jsem to neřešila až do chvíle, kdy mi začalo připadat nefér, když tam takhle plakala, ale v zápětí se otočila k nám a začala nám vyprávět o všech lidech z firmy a jejich „úchylkách" a problémech, které na nich za tu chvilku stihla vypozorovat.

Ze začátku to bylo vtipné, ale brzy jsem pochopila, že nám to neříká, abychom se tomu my s Janou zasmály, ale abychom začaly nenávidět všechny kolem, jelikož ona v každém viděla problém a snažila se stát středobodem vesmíru, že jen ona je důležitá. Musela být psychicky nemocná, jinak to nevidím.

Její syn mi tedy pro ni předal knihu a koupili jsme jí ještě hořčici, jelikož tu naši českou jsme v Británii nemohli sehnat, pak jsme se se všemi rozloučili a zase odjeli.

Za tu krátkou chvíli mojí nepřítomnosti ale Karina dokázala Janu zpracovat tak, že začínala o mně jako o své kamarádce pochybovat. S Janou jsme si vždy hodně povídaly, hlavně neustále řešily problémy, které měla se svým přítelem, protože stále váhala, zda se s ním rozejít nebo ne. Po mém návratu jsem cítila, jako kdybych se v jejích očích jaksi změnila. A to jsme byli pryč jen pár dní...

V práci bylo fajn, protože mě Angličané opět přivítali s otevřenou náručí se slovy, že se obávali, že už zůstaneme v Čechách navždy. Dokonce jsem se hodně dobře skamarádili i s Billem, se staříkem, který byl opravdu hodně pesimistický vůči světu a vždy pracoval pouze sám, jelikož nikomu jinému nevěřil. Když nám skončila práce s krabičkami, báli jsme se, že nás firma už nebude potřebovat, ale oni se opravdu snažili, abychom byli neustále potřebné. A dokonce i

Bill si mě jednou vyžádal jako výpomoc ke své objednávce, což byla pro mě velká čest. Ale čest to byla pro mě, z jeho strany to bylo z pohodlnosti, jelikož on jen stál s papírem a mě vždy posílal do skladu pro ty které krabičky na brýle. Ale dařilo se nám a asi pochopil, že i my umíme pracovat a že spolupráce s někým není tak zlá, jelikož najednou měl i čas si během pracovní doby odskočit na cigárko do kuřárny, aniž by jeho práce stála. A navíc Angličané byli zvyklí jít si každé dvě hodiny uvařit čaj či kávu a pít při práci. To se vždy jeden odtrhl od stolu a obcházel všechny v hale a ptal se jich, zda mají o nápoj zájem či ne. Většinou ale jen obcházeli ostatní krajany. A proto mě tenkrát moc překvapilo, že se najednou začali ptát i nás.

Bylo to opravdu milé, že nás začlenili do svého prostoru.

Jednou mě Bill s Janou vzal do jídelny, když šel čaj připravovat, aby nás naučil, jak se správně dělá tento magický nápoj. Opravdu to byla věda hodit do plastového kalíšku pytlík s čajem, kostku cukru a zalít horkou vodou z rychlovarné konvice. Nu ale každopádně účel to splnilo – od toho dne jsme i my s Janou měly to privilegium připravovat čaj.

Z našeho domu se odstěhovala Monika se Zdeňkem. Byl to mladý romský pár. Monika byla velice krásná dívka, ale ani to jim nepomohlo k tomu, aby si v Anglii udrželi dlouho práci. Pracovali ve stejné firmě jako Honza, ale na nočních směnách, takže jsme se s nimi prakticky vůbec neviděli. Jenže bohužel je přistihli při krádeži pár plátků salámu a agentura je již nechtěla dál zaměstnávat. A tak se rozhodli ze dne na den opustit Anglii, prý pojedou do Irska, že tam má Monika tetu a že ji budou hledat. Ovšem ještě toho rána před svým odjezdem na letiště se Monika hrozně podivila informaci, že se v Irsku platí eurem a ne librou. Ale ani to je nezastavilo, odjeli pryč.

Místo nich k nám Milan s Michalem nastěhovali starší manželský pár ze Slovenska, Mariu se Zoltánem. Ani jeden neuměl anglicky skoro nic, ale Mariu poslali k nám do firmy, že jí budu moci pomáhat s překladem já a Zoltána zase pro změnu k Honzímu do masných výrobků. Pocházeli kousek od maďarských hranic a uměli perfektně maďarsky. A zajímavé bylo, že vždy, když se spolu o něčem dohadovali, vždy jen v tomto jazyce, takže jsme jim nerozuměli. A že na sebe uměli křičet...

Nejhorší však bylo, že neustále celé volné chvilky trávili doma a hlavně v obýváku. Takže jsme přišli i o ten kousek soukromí, co jsme tam mívali, když jsme se všichni spolubydlící potkávali opravdu snad jen občas o víkendu.

Tak se Honzí zeptal Michala, zda by neměl jen pro nás dva nějaký byt, že už nechceme s nikým bydlet. Navíc v Aspenu jsme též poznali stinnou stránku Anglie, když nám několikrát do týdne na dveře zaklepal černošský dealer drog, kterého jsme častokrát vídali chodit naší ulicí s partou jeho kamarádů a jednou si snad i před naším domem vyřizovali po setmění účty s jiným gangem. V naší ulici neexistovaly popelnice. Respektive ano, ale pouze první den, kdy je popeláři rozvozili k domům. Většinou ještě téhož dne všechny popelnice v ulici hořely. Byla to zřejmě místní zábava omladiny. Prostě to nebylo moc bezpečné místo pro život, hlavně když jsem jezdila autobusem každý den do práce a zpět kolem páté večer, kdy pro osamocené ženy není prý podle místních vůbec vhodný čas vycházet ven. Z doslechu jedné Češky se prý v Anglii mladí muži často rádi bavili tím, že z jedoucího auta házeli na ženy, které šly po chodníku, jogurty či marmelády. A tak jsem dopadnout opravdu nechtěla.

Ale naštěstí byt se objevil! Byl to údajně byt po Milanovi a jeho přítelkyni. Ale očividně to nebyla pravda, jelikož v místnosti bylo pět matrací. Byla to garsonka, malá, ale stačila nám naprosto v pohodě. Nu bohužel až na to, kde byla situovaná. Sice bylo fajn, že budeme bydlet sami, ani čtvrť nebyla špatná, ale byt se nedal uzamknout klíčem, jen petlicí, takže po odchodu se dveře jen přibouchávaly. Ale i přesto jsme se tam nastěhovali s vidinou soukromí a klidu po práci.

Z Čech jsme si přivezli satelit, a tak jsme mohli konečně koukat i přes počítač na televizi. Jenže v bytě jsem měla neustále pocit, jako kdyby nás někdo sledoval a nebyli jsme tam sami. A snad proto vždy když jsem dorazila domů dřív než Honzí, zamykala jsem se v pokoji a pouštěla jsem si nahlas televizi, abych nemusela poslouchat případné zvuky z chodby (bydleli jsme v přízemí). V domě bylo více bytů a osazenstvo pocházelo z Polska.

Jednou v pátek jsme měli oba kupodivu volno a tak jsme se rozhodli jet podívat na liverpoolskou universitu, že bychom popřípadě na ní mohli zkusit studovat. Zaparkovali jsme auto kousek od univerzity a šli se podívat ke vchodu. Všude bylo velké ticho a nám bylo hned jasné, že je zavřeno. Řekli jsme si, že je to škoda a vrátili se k autu, kde na nás čekal šok v podobě rozbitého bočního skla u spolujezdce. Naprosto jsme nechápali, jak to bylo možné, jelikož jsme byli od auta pryč pouze pět minut a široko daleko nikdo nebyl! Parkovali jsme u otevřeného hřiště, kde - ano, sedělo pár opravdu malých děti, ale ty by nic takového udělat přeci nemohly. A tak jsme volali policii. Z telefonu nám bylo sděleno, že už k nám jedou, že celý incident viděli na kameře. Je to tak, celá Británie je ověšená kamerovým systémem, pachatele viděli, jak nám rozbil sklo basebalovou pálkou a utekl. Ale nechytili ho, takže viník neznámý! Policista s námi sepsal protokol a řekl nám, ať si auto pořádně zajistíme, jinak nám ho v tomto stavu do rána určitě někdo ukradne. To byla vskutku velice dobrá rada - nad zlato! A tak jsme se rozjeli do prvního servisu zaručujícího opravy skel. K naší smůle byl pátek, kdy mají všechny firmy v Británii naspěch, aby zavřely co nejdříve a všichni mohli vyrazit za nočním životem velkoměsta do barů. Pán z opravny se ale choval nějak podezřele, jako by náš příjezd očekával. Bohužel nám oznámil, že auto může opravit i s protokolem pro pojišťovnu (auto bylo na leasing), ale že musí objednat přesný typ našeho skla a že máme přijet v pondělí! A tak jsme auto zajistili, samozřejmě igelitovým sáčkem a lepenkou, jelikož to bohužel bylo jediné, co jsme tak mohli v danou chvíli udělat.

Ještě jsme zajeli za Michalem do kanceláře, zda náhodou on něco nevymyslí, ale sdělil nám, že i on má neustále problémy s auty – že jim vždy jednou za měsíc někdo projde celou ulicí a všem propíchá pneumatiky na autech. Každopádně nám ještě řekl, že v Anglii je též běžná praxe, že majitelé servisů zaplatí někomu za to, aby schválně rozbil skla několika autům, aby měli kšefty. Takže jsme byli opravdu moc potěšeni z našeho nového bydlení...

Jeli jsme domů a trnuli hrůzou, jak uhlídat naše auto přes víkend, když tu nám zavolali naši známí z Čech, cestovatelé s turisty, kteří právě dorazili do Liverpoolu do hotelu se svou skupinkou a zda náhodou na ně nemáme chvilku času. Ti dva průvodci jako by nám spadli zrovna z nebe!

Samozřejmě jsme se za nimi hned vydali a jelikož parkovali na střeženém parkovišti hotelu, zachránili nám i naše auto až do pondělka ráno, kdy jej Honzí ihned odvezl do servisu. Zajímavé bylo, že v Anglii moc aut této značky nejezdilo, ale sklo sehnali originální, dokonce na něm bylo vyraženo vše naprosto stejné jako na ostatních oknech. Takže alespoň to nakonec vypadalo jako originál. Ale také jsme si za to pěkně zaplatili – 380 liber! Protokol o škodě nám vystavili bez problémů a vše se řešilo již s českou pojišťovnou, která chtěla poslat veškeré dokumenty ohledně toho, co se vlastně stalo.

V té době jsme usoudili, že asi nejlepší řešení bude vrátit auto zpět leasingové společnosti a zde v Anglii si pořídit nějaké auto s anglickými značkami, jelikož mnoho dalších Čechů žijících zde nám potvrdilo, že pro mladé Brity jsou auta s cizí poznávací značkou stejně provokativní jako pro býky červená barva. A nechtěli jsme se dočkat dne, kdy by tohle nové auto jednou skončilo v plamenech, nebo ukradené.

Do Aspenského domu se přistěhoval místo jedné dívčiny nový kluk, jmenoval se Dan. A Dan byl takový mladý intelektuál. Ale byl hodný a dalo se s ním mluvit o mnoha odlišných tématech. Pracoval velmi často s Honzou na stejné práci. Jednou byli spolu na poště třídit balíky do palet, jindy třídili a balili oblečení apod. Byl to takový mladý ambiciózní člověk, který se vydal do Anglie jen proto, aby se zdokonalil v anglickém jazyce. Nepřijel si tam vydělávat, a tak mu ani nevadilo, když byl třeba týden bez práce. Rád chodil do klubů a povídal si s lidmi. Jazyk uměl perfektně, pouze měl stejné problémy jako my a to byla jiná výslovnost nežli například v Londýně. Trvalo nám měsíc, než jsme přišli na to, že například „black" (černá) se nevyslovuje „blek", jak nás učili ve škole, ale po liverpoolsku to bylo „blach" to samé se slovy „back" (zpět) nebylo „bek" ale „bach". Ale to se dalo naučit jedině tak, že jste mluvili s rodilými Angličany, ať už v práci nebo v obchodě. A jeho největší problém byl, že se bál promluvit kvůli tomu, aby náhodou neudělal nějakou chybu. Gramatiku uměl naprosto perfektně, řekla bych, že až někdy lépe než někteří Angličané samotní, ale on se prostě bál a záviděl jak mně, tak Honzímu, že se i s chybami domlouváme se všemi kolem naprosto v pohodě. Tak jej Honzí všemožně zkoušel při práci s ostatními Angličany rozmluvit, jelikož i oni si všimli, že nemluví a jen kouká.

U mě v práci se vztahy s Karinou vyostřily. Společně s Janou jsme ji začaly ignorovat, jelikož jsme jejích neustálých pomluv už měly opravdu dost. Zato jsme se o to více spřátelily s Maruškou, mou bývalou spolubydlící z Aspenu, která, jak už jsem se zmínila, k nám též nastoupila. Angličané se moc divili, proč jsme se přestali bavit s Karin, ale na to, abych jim mohla vysvětlit celou situaci, byla má angličtina opravdu příliš slabá. A tak jsem jim pouze sdělila, že oni j ssbohužel na rozdíl ode mě nerozumí, co doopravdy říká. To už nikdo nekomentoval, ale bylo na nich vidět, že je naše situace docela zamrzela. A nebyli jsme jediní, kdo ji neměl v oblibě. Třeba Bill ji vůbec neměl rád, a další mladí spolupracovníci stejně tak, Slováky nepočítajíc.

V práci jsme prožívali den co den zábavu – Angličané se opravdu nenudili. Pracovala s námi jedna hluchoněmá paní, která měla jako náplň práce razit loga na objednané zboží. Ale i přes svůj handicap se uměla dobře bavit. Jednou měl jeden mladík narozeniny a ona si pro něj připravila dárek v podobě „striptýzu" na jeho pracovním stole. Byla silnější postavy, ale tady v Anglii je to bráno naprosto jinak, než například v České republice, kde se všichni honíme za dokonalými mírami podle časopisů. V Anglii nikomu silnější lidé nevadili a nikdy jsem si nevšimla, že by se stávali terčem nějakého posměchu.

Oslavenec dostal k tomu tanci ještě dort, na který se složili ostatní jeho spolupracovníci. Nikomu, ani vedoucímu nevadilo, že nikdo nepracuje a že se všichni místo toho bavíme pohledem na klučíka naprosto rudého studem a na nakrucující se starší paní na stole. Ba naopak jim k tomu ještě v kanceláři pustili pěknou písničku z rádia.

Jednou nás povolali k jedné velké důležité zakázce, kde muselo pracovat šest lidí. K mému

130

velkému údivu byl mezi nimi i Bill, my s Janou a ještě další Angličané. Byli jsme u jednoho velkého stolu, kam nám vysypali snad celou paletu krabiček na brýle a my z toho měli vybalit samolepky Made in China a vložit Made in England. Ano, tak se to dělá! □

Vládla tam moc dobrá nálada, hlavně Jana se zakoukala do jednoho klučiny, se kterým měla možnost poprvé spolupracovat. Bill byl v opravdu nevídaně dobré náladě a neustále nás holky pošťuchoval. Choval se jako malý kluk v pubertě. Všichni se moc smáli, i šéfové, kteří ještě nikdy takto Billa nezažili. Sean (náš šéf) se vždy neustále nudil v kanceláři, ale občas, když viděl nějakou příležitost se někde s někým pobavit, hned se přidal. A ten den nebyl výjimkou. Kluci blbli opravdu jako malí. Až najednou Bill dostal nápad udělat z lepenky bič a s klukama se tam honili po hale a bičovali si pozadí. Bill u toho ještě hýkal, jako pravý kovboj. Všichni jsme tam brečeli smíchy, kromě Kariny, která pukala závistí....

Brzy potom mi volala mamka, že notářka má už vše připravené k podpisu a termín schůzky byl stanoven o měsíc později. A tak jsme se domluvili v práci, zda jim nebude vadit, když na měsíc odjedeme do ČR a zda se budeme moci vrátit zase zpět na stejné pozice. V agentuře jim to nevadilo, ale asi též dostali strach, soudě podle toho, co nakonec udělali.

S Michalem jsme se domluvili, že nevíme, jak dlouho budeme muset v Čechách zůstat, ale každopádně jeho byt jsme už nadále nechtěli. Takže jsme mu slíbili vyklidit jej v den odjezdu a klíče od bytu jsme mu hodili brzy ráno do poštovní schránky.

U mě v práci jsem se s nimi rozloučila s tím, že mi slíbili, že na mě budou čekat, až se zase vrátím. Bylo mi opravdu smutno, že jsem musela odejít, ale bohužel nebyla jiná možnost. Jana moc plakala, ale den před mým odjezdem jsme se spolu pořádně rozloučily a domluvily se, že si budeme pořád volat co a jak a že se opět v brzké době uvidíme.

Honza se domluvil s Danem, že jej odvezeme do Čech. Dan měl našetřené nějaké peníze a byl skálopevně rozhodnutý, že chce jet na chvíli do svojí rodné země navštívit rodinu a že poté se vrátí, ale už ne za prací, chtěl by se věnovat hlubšímu studiu anglického jazyka. A tak se rozhodl cestovat s námi.

Ale naši cestu zkomplikovalo hned další den ráno zjištění, že se nám někdo v noci dostal nepozorovaně do bytu a z kuchyně odcizil Honzího doklady, samozřejmě s kreditní kartou, pasem, apod. Měli jsme velké podezření, že to bylo celé objednané od Michala a jeho agentury, neboť on se moc bál, zda se do Anglie zase vrátíme. Firmy, ve kterých jsme pracovali, nás vyžadovaly, skoro jako jediní ze všech Čechů jsme uměli dobře jazyk a navíc jsme si na žádnou práci nestěžovali. Pravděpodobně se bál, že přijde o svůj pravidelný měsíční zisk z nás a myslel si, že bez dokladů neodcestujeme. To se ale zmýlil. Ba naopak nás to naštvalo a jen více utvrdilo v přesvědčení o tom, co se tam ve skutečnosti s lidmi děje za jejich zády. Ten, kdo to udělal, jaksi netušil, že den předem si Honza u mě v bundě zapomněl svoji občanku a bundu jsem si večer odložila na křeslo do ložnice. Takže jsme bez problémů vycestovali ze Země na tenhle doklad Ale upřímně, dosti nám to zkomplikovalo cestu po stránce financí, jelikož nám chyběla jedna týdenní výplata a následující týden měla agentura vyplácet na Honzův účet peníze za jeho dovolenou, které jsme měli připravené na zpáteční cestu. Ale řekli jsme si, že z Čech v klidu zavoláme do agentury, aby jeho peníze poslali na můj účet a vše ohledně nového účtu vyřešíme po příjezdu zpět.

A tak i přes toto všechno jsme vyrazili na cestu. Ten den jsem ještě šla do práce na směnu. Měla jsem jen do 12h. A tak Honzí stihl vrátit klíče od bytu, naložil Dana s jeho věcmi a přijeli mě vyzvednout.

Tentokrát jsme se rozhodli vyzkoušet cestování z ostrova trajektem, lodí. Cestovali jsme přes La Manche v noci, takže jsme toho sice moc neviděli, ale byl to hezký zážitek mít vítr ve vlasech a sledovat, jak se pomalu ale jistě vzdalujete od pevniny a pak už nebylo vidět nic, jen tmu…

Do Čech, respektive do Mariánských Lázní, jsme dorazili v sobotu ráno, kolem osmé, kde na nás již čekal Danův bratr, který jej měl odvézt k nim na Moravu. Zašli jsme ještě společně na kafe a pak se v dobrém rozešli.

S Honzíkem jsme se nastěhovali do bytu jeho mamky v Mariánkách. Bylo to asi lepší řešení, než abychom šli zase někam každý sám. Jeho mamka byla stejně celý týden v Plzni, kde pracovala, a v bytě pobýval jen její německý přítel.

Pár dní po příjezdu mě Honzík vzal na večerní procházku kolonádou ke zpívající fontáně. Byla už zima, ale očividně to nikomu nevadilo, jelikož kolonáda byla plná lidí a kolem fontány se dalo sotva projít. Snažil se nás protlačit co nejblíže k vodě, myslela jsem si, že jen chtěl, abych to celé dobře viděla, ale jelikož má skoro dva metry, lidé ho neustále napomínali, ať je ohleduplný k ostatním, kteří chtějí také vidět. On se ale snažil bránit, až už to prostě nevydržet a jedné paní řekl: „Děkuji, že jste mi zkazili pokus požádat moji přítelkyni o ruku!" Vytáhl pak z kapsy připravenou červenou semišovou krabičku s prstýnkem a řekl mi, že raději jdeme někam jinam! A pak si neustále ženské pokolení stěžuje na nedostatek romantiky! A když se o ni někdo pokusí, ještě dostane vyhubováno, že přes něj není vidět! :-D I když celý ten incident Honzímu narušil jeho plány, myslím, že to byl hezký den a žádost o ruku mě mile překvapila. A samozřejmě jsem nemohla říci nic jiného nežli ano!

Dědictví jsme vyřídili asi až po čtrnácti dnech v ČR, kdy už nám ale začaly docházet i naspořené peníze. Agentura totiž žádné peníze za dovolenou neposlala s tím, že uvolní peníze až ve chvíli, kdy se zase vrátíme zpět do Anglie, a v tom byl problém. Cesta tam byla drahá, navíc jsme byli bez auta (to naše malé červené jsme vrátili hned po příjezdu a jezdili s půjčeným tchýniným autem). A tak jsme si pobyt v ČR chtě nechtě museli prodloužit. Tak nás to naštvalo, že jsme si řekli, že už se tam nevrátíme a zkusíme si najít práci u nás.

S Janou jsem si volala obden. Plakaly jsme do telefonu, a těšily se, že se zase co nejdříve setkáme. Ale pak jako by se po ní slehla zem. Mobilní telefon byl vypnutý... Doufala jsem, že jej pouze ztratila a že se zase za nějaký čas ozve. Už se nikdy neozvala...

Našli jsme si tedy zaměstnání – já jako prodavačka v obchodě, s příslibem brzkého zaučení na zástupkyni prodejny (bylo před Vánoci a nebyl čas na školení) a Honzík pracoval jako řidič autobusu u stejného zaměstnavatele, jako když jsme se poznali, pouze v jiné divizi, ve Stříbře. Ale každý den jsme oba dojížděli za prací z Mariánských Lázní. On autem, já autobusem. Bohužel to skoro nikdy nevycházelo, abychom mohli jezdit spolu. On začínal moc brzy a pro změnu končil dříve nežli já. Takže jsme se ve dne skoro ani nevídali. Občas jen o víkendech, pokud jsem zrovna nebyla v práci.

Práce to byla super. Bohužel vedení bylo nanic. Pan vedoucí byl věčně opilý, jeho zástupkyně – paní vysokoškolačka s pěti školami (neustále to všem důrazně opakovala) – si dělala zálusk na jeho pozici, a když jsem se odkudsi vynořila já, naprosto neznámá osoba, oba se cítili v ohrožení, jelikož jsem si velice dobře rozuměla s naším oblastním manažerem, který jim všem byl nadřízený.

A možná to také byl důvod, proč mě tam pán zaměstnal s nimi.

A tak mi oba dělali samé naschvály. Co dokáže s lidmi udělat závist, je někdy až k pláči, ale to snad každý bohužel někdy zažil na vlastní kůži.

Jediný, kdo směl na prodejnu objednávat zboží, byl pan vedoucí osobně. Jenže ten byl občas natolik opojen alkoholem, že se mu motaly prsty při zadávání objednávek do počítače, takže jednou objednal něčeho nadbytek a čehosi zase málo, či vůbec nic. Oba, s paní vysokoškolačkou chodili do prodejny jen na ranní směny, aby pak měli celý den volno a my svobodné a bez dětí chodily jen na odpolední, a to mi snad vadilo ze všeho nejvíce. Nehledě na to, že nejvíce lidí chodilo na nákupy právě v odpoledních hodinách, když se vraceli z práce. Ráno si ti dva vypsali na směny někdy i čtyři pomocníky a odpoledne jsme tam bývaly pouze dvě a opravdu jsme neměly možnost obsluhovat celý obchod! Vždy pak jen někdo z nich přišel obchod zkontrolovat před zavírací dobou, spočítat peníze v trezoru a uzamknout prodejnu.

Nehledě na to, že v prodejně chyběly kamery a lidé byly všímaví a samozřejmě v obchodě kradli. Ale na to se přicházelo pochopitelně až při inventuře, a že to stálo za to!

Autobusové spojení do Mariánských lázní bylo katastrofální. Poslední autobus jel v půl deváté, prodejna se zavírala v osm, ale tento čas jsem stihla asi jen jednou a ve většině případech za to zdržení mohl buď právě pan vedoucí, nebo jeho zástupkyně, kteří právě chodili na již zmíněné noční prohlídky obchodu, zda je uklizený, jak má být. A opravdu to bylo naprosto zbytečné! Často jsem musela přebíhat za tmy celé město na vlak a modlila jsem se, abych vlak v deset stihla, jinak bych musela jet až půlnočkou a ráno opět vše na novo…

Když už jsem takto táhla třetí týden na odpoledních směnách i o víkendech (!), navštívil nás oblastní manažer, kterého jsem se před paní zástupkyní zeptala, kdy konečně také dostanu ranní směnu. On se podivil, proč se na to vůbec ptám, jelikož se nikdy ještě nestalo, že by se nestřídaly směny. Ona byla celá nesvá a jen nervózně podotkla, že ona má dceru, kterou ráno musí odvádět do školy, zatímco já nemám nikoho. Naštěstí ho to nezajímalo a upozornil ji, že takto to dál opravdu jít nemůže. Asi jsem ji dostala do nemilé situace a píchla do vosího hnízda, ale v té době mi to bylo vskutku jedno.

Také mi vadilo, že obchod sice zavíral v osm, ale po zavíracím čase se obchod ještě uklízel, jenže směny jsme si mohli zapisovat do plánu jen do osmi, jelikož nám to zástupkyně nařídila, že prý firma striktně zakázala platit přesčasy. I nad tímto zjištěním se manažer podivil a vynadal jí, co to má znamenat, a požadoval nápravu. Byla celá červená a když odešel, řekla mi, že je jí to od dnešního dne jedno, do kdy si budeme psát pracovní dobu, ale že ví, že nám to stejně nikdo nezaplatí. Zajímavé však je, že od té chvíle jsme měli větší výplaty. □

Hned po novém roce jsem jela absolvovat školení pro zástupkyně do jejich pobočky do Mariánek. Na jednu stranu to bylo fajn, trochu si odpočnout od dojíždění. Jenže jiná prodejna, jiná pravidla. A hlavně jiní lidé, respektive ženské, které si pro své nátury do úst častokrát neviděly. Místo zaučení na novou pozici mě využívaly jako pomocnou sílu k doplňování zboží. Ale abych jim nekřivdila, ano, ukázaly mi jednou, jak se počítá trezor a nechaly mě denně dělat odpisy, které jsem už beztak měla naučené z naší prodejny předtím.

Neustále jsem je viděla hádat se mezi sebou a strašně jsem se těšila, až se zase za 14 dní budu moci vrátit tam k nám, kde jsme krom vedoucího a zástupkyně byli docela dobrá parta schopných mladých lidí. Tady jsem akorát denně sledovala, jak se jedna před druhou snažila být tou nejlepší šéfkou obchodu a ,ano, ani nevíte, jakou radost mi udělalo, když jsem u nich při běžném doplňování zboží do uzenin objevila čtyři plná balení salámů, kterým končila trvanlivost druhý den! Protože jak jsem si den před tím vyslechla, v naší prodejně máme jen minimum odpisů, tak dobře vedeme naši prodejnu! Salámy se samozřejmě neprodaly, nikdo je nechtěl. A tím jsem šlápla opět někomu na kuří oko, leč nechtěně, stalo se.

Ale v té prodejně jsem to neměla ráda. Atmosféra byla hrozná. Nikdo se s nikým nekamarádil a podle toho také ta prodejna vypadala, jelikož jedna ruka nevěděla, co dělá ta druhá.

Měla jsem narozeniny a k mému překvapení za mnou přijel oblastní ředitel s květinou. Pravděpodobně měl jen zrovna naplánovanou kontrolu u nás, ale přivezl sebou i květinu pro mě, prý za celou firmu. Ty nenávistné pohledy od okolí si pamatuji dodnes. Sama jsem to nechápala. Byla jsem ve firmě necelý měsíc a půl a už byl o mě takový zájem. Ale vůbec jsem netušila, že tohle není standardní věc a doposud to ještě nikdy neudělali. A to tamní „kolegové" netušili, že mi přišlo k Vánocům domů vánoční firemní přání!!

Dostala jsem květinu a pustili mě tehdy z práce dříve. Kdyby pohledy uměly zabíjet, ten den by byl nejspíš můj poslední. Ale já jsem si tu chvíli užívala, bylo to pro mě konečně rozveselení po dlouhé době v tak stresujícím a nepřátelském prostředí.

Zapomněla jsem se zmínit, že jsem před Vánoci do Anglie zaslala Janě i Karin (!)vánoční přáníčka i se zpáteční adresou, ale nikdo se mi neozýval zpět a já jsem už opravdu měla strach, co se tam tak mohlo stát…

Honzího už práce v autobusové firmě nebavila, jelikož za ni byl hodně mizerně placený a s tím naším denním dojížděním nám mnoho peněz z výplat opravdu nezbývalo. A tak jsme hledali jiné pracovní nabídky. Našli jsme jednu, byla to práce přes agenturu na Novém Zélandu a opravdu hodně vážně jsme začali uvažovat o tom, že se tam vydáme.

Mezitím jsem se konečně vrátila mezi „své" do Stříbra, ale už s pravomocemi paní zástupkyně. I když tomu tak bylo, neuměla jsem nic nového, protože naše zástupkyně byla dobrá kamarádka se svou kolegyní z Mariánek a domluvily se za mými zády, že mě schválně nenaučí například objednávky, to proto, aby náš manažer věděl, že ona je nejlepší adept na vedoucí a je nepostradatelnou součástí prodejny, na rozdíl ode mně, která se nebyla „schopná" za 14 dní školení nic naučit. A tak jediné, co jsem se svými vyškolenými zkušenostmi mohla, bylo otevírat a zavírat prodejnu, doplňovat zboží do regálu a odepisovat zboží. A ještě počítat trezor při předání. Ostatní mi prostě nikdo nehodlal sdělit a tudíž jsem měla zákaz to vykonávat.

Nebýt ale svých dvou přímých nadřízených, byla bych tu práci opravdu zbožňovala. Pokud jsme byli na prodejně bez nich, obchod nám báječně šel, měli jsme vždy doplněno, uklizeno a mezi námi vládla pohoda. Krom občasných střetů s vedoucím a s jeho nedomyšlenými objednávkami. Pamatuji si, že jednou neobjednal pořádně zeleninu a jelikož v jedné polovině města vypadl proud zrovna ve chvíli největšího nákupního šílenství, celé město se navalilo k nám a lidé brali vše, co jim padlo pod ruku. Během půl hodiny byl pult se zeleninou ocitl prázdný a nebylo tam co doplnit. A jako naschvál zrovna ten den přišel na kontrolu prodejny manažer, který se naprosto zhrozil, když viděl ten dav a my neměli co prodávat. Nebo jednou v zimě na ledu na parkovišti uvízl kamion metr před rampou a nemohl nám navézt zboží. Já měla zrovna se dvěma holčinama odpolední. Ranní směna byla ráda, že byla bez práce, ale k naší smůle se kamion k rampě dostal v šest a zboží (hlavně zeleninu a ovoce) vyložil. My se domluvily, že už nemá cenu zboží dnes vykládávat na krám. Stejně jsme měly společnou ranní směnu, kde na nás měl čekat další závoz, a tak jsme palety schovaly do chladných zadních prostor v prodejně, když tu mi zavolala paní zástupkyně, že už viděla, že jel kamion pryč a že si k nám za půl hodiny přijede s kamarádkou koupit jahody. A tak jsme vše musely chtíc nechtíc rozbalit a dát na prodejnu, i když už zákazníci nechodili. A samozřejmě nepřišla ani ona. Jak jinak, že?

Těsně před skončením zkušební doby jsem dala výpověď, už se to skutečně psychicky nedalo snést. Ale s panem manažerem jsme si podali ruce v dobrém a s Honzím jsme se chystali na Nový Zéland.

Po týdenních rozvahách o naší budoucnosti a konzultacích s agenturou zajišťující práci na N. Zélandu jsme usoudili, že je to opravdu moc velký risk a že ještě naposledy vyzkoušíme práci v Praze, přeci jen se o ní všude říká, že je to vlajková loď naší Země a pracovních nabídek tam bylo hafo. Byt jsme též našli suprový, za málo peněz, a tak jsme plní elánu a nadšení vyrazili do našeho hlavního města.

Jenže s pohovory v Praze je to na dlouhé lokte. Ano, nabídek mnoho, ale také mnoho uchazečů a zaměstnavatelé si nechávali měsíc a někde i více na rozmyšlenou, kterého adepta si zvolí. Či se pořádalo několik výběrových řízení za sebou, ale samozřejmě též po delších časových odstupech, což my jsme bohužel nemohli akceptovat vzhledem k tomu, že jsme potřebovali nutně příjmy na placení nájmu a služeb. Jedna z opravdu zajímavých pozic, o které jsem se ucházela, byla operátorka pro sociální vztahy v jedné novinové společnosti. Bylo to opravdu téměř snové pracovní místo – v nádherném prostředí, s vlastní kanceláří, pracovní dobou od pondělka do pátku a velice dobře placené, s mnoha benefity, jako například vouchery do solária, masáže zdarma, fitness, … Ale bohužel na první kolo přišlo kolem 15ti uchazečů, druhé kolo se pořádalo po měsíci, a po dalším mělo být další kolo, kde měli být už jen dva kandidáti, mezi kterými by se opět další měsíc rozhodovalo. Takže bohužel, i když jsem se dokonce dostala i přes druhé kolo, musela jsem již nastoupit do jiné firmy jako operátorka při hlášení poruch se satelitními televizemi. Sice to nebylo nijak moc dobře placené, ale pracovalo se denně na směny pouze 6 hodin a práce to opravdu nebyla náročná.

Honzí objížděl též pohovory a i on sehnal zajímavou práci. Měl u jedné soukromé firmy svážet z letiště malým autobusem cizince do hotelů, což si chtěl vždy vyzkoušet. Ale bohužel musel čekat 14 dní do začátku nového měsíce, jelikož jej chtěl pan majitel přijmout až od prvního. Ale měli spolu sepsanou dohodu o tom, že ho opravdu zaměstná, takže jsme se opravdu upřímně těšili na novou etapu našeho života.

Pak se ale v naší ulici začaly dít divoké věci – respektive kolem Večerky, kterou jsme měli pod okny. Provozoval ji nějaký Rus a i prodavačka byla této národnosti a vždy k večeru se kolem prodejny scházely všelijaké podivné existence od bezdomovců až po feťáky. Ale neřešili jsme to, říkali jsme si pouze, že teď už alespoň chápeme, proč máme na oknech (bydleli jsme v přízemí) mříže!

Také jsme si brzy všimli, že na našich dveřích byly známky páčení a už jsme začali být tak nějak nervózní. Honzí trávil poslední týden před nástupem do práce mnoho času v Mariánských Lázních a když jsem byla v bytě sama, neměla jsem tam nikdy dobrý pocit. Vždy mi to přišlo, jako kdyby někdo byl na chodbě. Naštěstí dveře do malé vstupní chodby se také daly zamykat, a tak jsme toho pro větší klid vždy využili. Jinak bych asi bývala ani neusnula.

A jak týden plynul, Honzí mi volal ve čtvrtek o mé pracovní pauze, že nám udělá radost a koupí v místním bazaru (v Mariánských lázních) nějaké pěkné auto, abychom prý nedělali v Praze ostudu. Byla jsem z toho nadšená, jelikož doposud jsme měli půjčené auto od jeho mamky, ale ta jej také potřebovala. Ale značku a detaily mi zatajil s tím, že mě večer přijede s tím autem vyzvednout do práce. Auto bylo drahé, a tak si jej vzal na úvěr. Na schválení čekal až do zavírací doby, takže mě ani nestihl přijet vyzvednout. Ale zato pražské ulice už se stihly naplnit dalšími vozidly a bylo takřka nemožné někam zaparkovat. Ale musel mě přeci alespoň naším novým bavoráčkem červené barvy svézt. A tak jsme se projeli ke mně před pracoviště a zase zpět s tím, že ráno moudřejší večera a že další jeho klady si prohlédnu druhý den za denního světla. K naší nevíře se uvolnilo jedno parkovací místo přímo pod naším oknem a toho jsme samozřejmě s radostí využili. Hned vedle byl kontejner na odpad, tak jsme ho ještě pro jistotu přisunuli co nejblíže k předku auta, aby s ním případný zloděj nemohl jen tak odjet. Smáli jsme se a vtipkovali, jak auto svým neodolatelně lesklým lakem září do všech stran a že to teď bude pro všechny jako pěst na oko. Po příchodu do bytu se Honza ani nestihl svléci a už hledal na netu nejbližší servis BWM s tím, že tam hned ráno po mém odchodu do práce zajede nechat nainstalovat nějaké bezpečnostní zařízení. A pak jsme šli s dobrým pocitem z krásného nového auta klidně spát.

Jenže do rána bylo mnoho času, a ne každý používá noc ke spánku, jak jsme se hned přesvědčili...

V sedm jsem jako obvykle vyrazila ke svému pracovišti s tím, že v servisu BMW otevírají v osm, a Honzí vyšel z bytu chvilku po mně. Prošla jsem kolem auta, ale neměla jsem čas se u něj zastavit, tak jsem ho jen letmo přejela okem a pokračovala za roh na hlavní ulici. Po patnácti minutách vyšel Honza a auto už před domem stát nenašel...

První, co jej napadlo, bylo, že nám jej možná odtáhla policie z důvodu špatného parkování, a tak se vrátil zpět do bytu a hledal na internetu pobočku policie našeho pražského bydliště, na kterou se hned vydal. Já jsem v práci absolvovala školení, takže jsem měla mobilní telefon schovaný a nemohla jsem jej kontrolovat jindy než o pauzách. Takže jsem naprosto pochopitelně vůbec netušila, co všechno mezi tím Honzík beze mě absolvuje...

Na služebně mu bylo řečeno, že v naší ulici bylo za noc odcizeno pár aut a tudíž pravděpodobně i to naše, ale že musí počkat, až se sepíšou protokoly s lidmi, kteří přišli před ním. Byla to šokující, neuvěřitelná zpráva! Kolem dvanácté hodiny jsem se konečně o pauze dostala k telefonu, kde jsem měla od něj snad sto nepřijatých hovorů. Napsala jsem mu esemesku s dotazem, co se stalo a přišla mi rychlá odpověď: „Ukradli nám auto!" Myslela jsem si v první chvíli, že si ze mě dělá jen legraci, ale pak mi došlo, že tomu tak není… „Přijď domů, čekám tu na tebe" napsal v zápětí ještě jednu zprávu a já zůstala naprosto v šoku. Z práce mě uvolnili dříve a já jsem rychle spěchala za ním a přitom pořád doufala, že auto je jen někde odtažené…

Ani jsem nedošla domů. Stál na rohu hlavní ulice, kousek od našeho bytu, kde byl vstup do metra, s velkou taškou plnou oblečení. Po tváři mu tekly slzy beznaděje a řekl mi: „Jedeme zpátky do Anglie!" Ano, Čechy nás v tu chvíli tak znechutily, že jsme neměli sebemenší motivaci tady zůstat! Objali jsme se a společně odešli do našeho bytu zabalit všechny věci, které jsme si tam zatím nastěhovali. Problém však byl s odvozem věcí, byli jsme bez auta a do vlaku jsme všechny věci vzít nemohli. Jeho mamka byla v Mariánských Lázních a ty jsou od Prahy opravdu daleko. A přítel mojí mamky nám auto půjčit nechtěl s tím, že ženy a auta se nepůjčují. A tak jsme z celé situace byli ještě více nešťastní…

Nakonec jsme museli jet do Mariánských Lázní přece jen vlakem a ještě ten večer se pro věci do Prahy Honzí vrátil. Majitel našeho domu byl naštěstí vstřícný k naší situaci a souhlasil i s okamžitou výpovědí z bytu. Ale byl momentálně někde na horách a nemohl převzít klíče a vrátit nám kauci. A tak jsme se domluvili, že vše vyřídíme po jeho návratu.

Do bytu jsme si mezitím stihli zařídit i internet. Ale naštěstí se smlouva dala bezplatně zrušit do 14ti dnů bez sankcí a udání důvodu. Což bylo alespoň v té chvíli pozitivní. Do mé práce jsem napsala omluvný email, že bohužel musím ukončit pracovní poměr. S důvody souhlasili, ale musela jsem se u nich ještě jednou osobně zastavit s písemnou formou výpovědi. A tak jsme skoncovali s Prahou, a nebo spíš ona s námi?! Těžko říci, kdo nad kým tenkrát vyhrál...

Do Anglie jsme se chtěli vrátit, ale neměli jsme auto a ani finance na cestu. Ale naštěstí jsem měla dědictví po otci a už při rozdělování polí jsem se rozhodla, že nechci mít nic společného s tátovými sourozenci a pozemky že nechci. A tak jsme se domluvily se sestrou na prodeji jedné jejich části. První jsem se samozřejmě musela zeptat příbuzenstva, když byli vlastníci každý jedné třetiny. Teta se mi s cenou vysmála do telefonu, a tak jsem vše nabídla strejdovi, který neváhal a pozemky od nás odkoupil. Teta si pravděpodobně myslela, že prodej nemyslíme vážně, ale když se pak dozvěděla, že je bez řečí skoupil její bratr, začalo to v ní vřít vzteky, a že prý ty pozemky mají daleko větší hodnotu (najednou) a že jsme jejich rodinu okradli. Jejích řečí jsem si nevšímala a mnula jsem si ruce nad tím, že by se konečně začali mezi sebou soudit ti dva?...

A tak jsme měli nějaké peníze do začátku. Auto jsme se rozhodli koupit staré, s tím, že v Anglii nás alespoň nebude mrzet, když nám jej někdo zase rozbije. Hlavním úkolem našeho vozidla bylo dopravit nás do Británie a tam ho klidně zanecháme nadobro. A povedlo se. Sice jsme pro něj museli jet až do Berouna, ale sehnali jsme ho za pár šupů, s technickou trvající ještě rok a na svůj věk vypadalo navíc velice zachovale.

Těsně před odjezdem se nám ale v zapalování zlomil klíč a náhradní jsme neměli. Ale naštěstí Honza je šikovný elektrikář a tak vymyslel důmyslné zapalování motoru pomocí zmáčknutí kombinace tří tlačítek, včetně větráku. A systém fungoval opravdu dobře a nejednou se nám pak hodil i v budoucnosti!

Auto bylo pojízdné po všech stránkách, pouze výfuk měl tak říkajíc na kahánku. Zdálo se, že nám musí každou chvíli někde upadnout, ale v hloubi duše jsme se modlili, aby to upadlo alespoň až na anglické straně.

Takže jsme byli připraveni na návrat do Británie, ale rozhodli jsme se nevrátit zpět do Michalovy agentury po všech těch špatných zkušenostech, chtěli jsme zkusit najít si práci sami, tentokrát v okolí Londýna. Přeci jen tam bylo mnoho jiných agentur a my na rozdíl od mnoha dalších cizinců měli již z minula vyřízené i pracovní povolení, bankovní účet apod.

Přes La Manche jsme chtěli jet vlakem, protože cesta lodí trvala dlouho. Ale báli jsme se kontroly na hranicích. Ne že bychom pašovali nějaké zakázané věci, ale už z minula jsme si pamatovali, že téměř všechna stará auta se podrobovala podrobným kontrolám - za prvé je to nadlouho a za druhé vyndávat vše ven a zase to tam pak pracně skládat zpět se nám opravdu nechtělo.

Pár kilometrů před hraniční kontrolou ve Francii jsme při jízdě pocítili, že se nám ze spodku auta něco uvolnilo. Honzík zastavil na nejbližší možné cestě a my zjistili, že je to výfuk. V tomhle stavu bychom přes hranice určitě nepřejeli a tak jsme už začínali pochybovat, že se takhle vůbec do Anglie dostaneme. Naštěstí mě napadlo, že bychom se auto mohli pokusit opravit sami, alespoň provizorně, přeci jen jak jsem již dříve napsala, úkolem vozidla bylo pouze nás převézt z bodu A do bodu B a pak jsme jej stejně plánovali ponechat na pospas šrotovně.

Ale neměli jsme s sebou nic, čím bychom mohli výfuk upevnit. Drát přeci jen není běžnou výbavou vozidla. Naštěstí lidská fantazie je v nouzi neomezená a mě napadlo, že jej vyzkouším připevnit šňůrkou na mobil, kterou jsem před odjezdem dostala ke koupi telefonu. Sice jsme tomu moc šancí nedávali, jelikož to byla samozřejmě látka, ale světe div se, účel to splnilo a šňůrka tam vydržela ještě stovky dalších kilometrů!

Honzí najel jedním kolem na obrubník a já vlezla pod auto a kamsi to tam přivázala. Jediné, čeho jsme se obávali, bylo, aby se nám šňůrka neroztavila zrovna ve chvíli, kdy budeme přejíždět přes hranice.

A tak jsme konečně nesměle vyrazili na pasovou kontrolu. K našemu štěstí akorát všichni odcházeli, pravděpodobně na oběd, a u brány zůstal pouze jeden Francouz. Už jsme si málem oddechli, že to máme tak rychle za sebou, když tu nás jeden z nich viděl a všichni honem běželi zpět k nám. Ani se jim nakonec nedivím. Asi se divili, že s takovým vozem jedeme takovou dálku, museli jsme být jasně podezřelí...

Neustále obíhali kolem auta a vše si důkladně prohlíželi. Už jsme byli značně nervózní, jelikož nám jel za půl hodiny vlak. Ale nakonec nám jeden pověděl, anglicky s francouzským přízvukem, že přesně takové auto měl jeho děda, když byl malý a od té doby ho už nikde neviděl. Popřáli nám hezkou cestu a zase odešli. A my si konečně oddechli.

Po příjezdu do Anglie jsme se rozmýšleli, kam vyrazíme. Rozhodli jsme se pro Northampton, kde měla pobočku anglická agentura, přes kterou jsme předtím pracovali v Liverpoolu, takže jsme předpokládali, že se u nich bude jednodušší zaregistrovat a nastoupit.

Ale byli jsme už moc unavení, a tak jsme si cestou našli motel na spaní. Přeci jen ráno moudřejší večera. Stejně bychom tam dorazili v noci a to už by bylo k ničemu.

Ubytovali jsme se v Readingu a docela se nám to tam zalíbilo. Takže jsme se druhý den rozhodli prozkoumat jeho okolí, zda náhodou nenajdeme nějakou pracovní nabídku tam. Zajeli jsme do blízkého města, zaparkovali jsme auto u nákupního střediska a vyrazili plní elánu a nadšení do ulic. Narazili jsme po cestě na pár pracovních agentur, do každé jsme vešli a v některých jsme si i vyzvedli registrační formulář na práci. Ale všude to bylo jen o čekání na telefon my jsme neměli na nic takového čas. Nechtěli jsme utratit všechny peníze za hotely a nemít přitom žádnou vyhlídku na navrácení téhle investice.

V jedné agentuře na konci města nutně sháněli řidiče kamionu a byli opravdu nadšeni z naší návštěvy, jelikož jak jsem již zmínila, Honza je řidič z povolání.

Jenže cesty měly být i mimo Evropskou unii, až snad do Ruska, což my naprosto odmítáme z důvodu hraničních kontrol, o kterých nám už bylo mnohokrát vyprávěno (aby někdo mohl projet bez zbytečné důkladné kontroly, musí hraniční stráži vždy přivézt karton cigaret apod.). A tak jsme se rozhodli, že bychom mohli ještě zkusit štěstí v Londýně, neboť jsme se v Readingu přesvědčili, že když jsou pracovní agentury tam, tak musí být i v Londýně.

Ale opět už bylo kolem čtvrté hodiny odpolední, a tak jsme měli čas pouze na přespání a druhý den jsme se posunuli zase o kousek dál.

Spojili jsme to s procházkou Shakespearovy zahrady, nikdy před tím jsem v Londýně nebyla a tento spisovatel mě moc zajímal. Bylo to fajn procházet si ta krásná stará místa. Jen mě dodnes mrzí, že jsme si s sebou nevzali žádný foťák a svou cestu nezaznamenali. Město Londýn bylo též velice zajímavé, nejkrásnější architektura je podle mého právě v Británii – miluji jejich staré katedrály, zámky, hrady, sochy... opravdu úchvatné!

Každopádně na pracovní nabídku jsme tam nenarazili, i když jsme si to malovali růžověji – že v sezóně určitě každý hotel uvítá pomocníky, což nebyla bohužel pravda. A tak jsme k večeru zamířili do Northamptnu, který jsme považovali za jistotu naší cesty.

Stihli jsme přijet ještě před zavírací dobou. Dali nám stejný formulář s testem jako v Liverpoolu. Vyplnili jsme ho a paní nám oznámila, že nevidí problém v tom, abychom přes ně začali okamžitě pracovat, ale opět nás upozornila, že si máme najít nějaké ubytování, jelikož se ozvou s nabídkou do konce týdne a že bychom teoreticky mohli začít pracovat od toho dalšího. Rozloučili jsme se a byli spokojeni s tím, co jsme slyšeli. Jenže při procházce městem bylo slyšet všude kolem mnoho cizích jazyků, jen ne angličtinu a nám bylo jasné, že nebudeme jediní žadatelé o práci. Navíc jsme to tam vůbec neznali a nevěděli, kde hledat ubytování. Ale jedno jsme věděli – spát i nadále po motelech nebylo možné, jelikož by nás to finančně zruinovalo. A tak jsme si dali všechny klady a zápory dohromady a nakonec usoudili, že se opět vrátíme do Liverpoolu k Michalovi, který by nám určitě opět vše zařídil. A tak jsme tedy jeli...

Upřímně nevím, zda je dobré se vracet dvakrát do stejné řeky. Neustále se všude dočítáme, že do stejné řeky dvakrát nevstoupíš, ale všichni se tam i přesto vracíme a to dokonce několikrát za sebou... A neustále opakujeme své chyby. Ano, dnes už si říkám, že vracet se zpět do Liverpoolu byla opravdu chyba. Měli jsme raději zůstat v nové řece a nechat se unášet opět jiným směrem, ale asi jen naše duše ví, proč nás vedla zpět tam, odkud jsme odešli. Pravděpodobně nám chtěla ukázat, že Anglie není pro nás, respektive Liverpool. Ale v té chvíli, když jsme byli opět na té stejné dálnici jako před půl rokem, jsme to netušili a těšili jsme se, až se opět shledáme se svými starými zaměstnavateli.

Michal byl trochu vykulený, ale řekla bych, že mile, když nás opět viděl vcházet do své kanceláře. Sdělil nám, že Milan opustil se svou rodinou Anglii, jelikož se k lidem nechoval fér (šlo mu jen o jeho zisk a ne o to, aby si i ostatní v Anglii něco vydělali), a tak jeho podíl z agentury koupil Michal a zůstal na vše sám. Dlouho jsme si tam s ním povídali o tom, jaké se tam udály změny a on nám přislíbil všechny své služby jako dříve. Pouze s ubytováním to bylo zase horší, ale přesto nás ubytoval. Sice to byl byt nad nějakou prodejnou, ale slíbil, že sežene co nejrychleji něco jiného. A tak jsme souhlasili se spaním tam, i když to opravdu byl hrozný byt, se starým zeleným kobercem, který zapáchal zatuchlinou. Naštěstí se jednalo jen o jednu noc a druhý den už jsme bydleli opět v pěkném domě v docela klidně vypadající části Liverpoolu, kde přes den nebylo vidět ani živáčka.

Opět to byl dům v anglickém stylu - ve spodní části velký obývák, vedle kuchyň a za kuchyní koupelna s WC. Měli jsme dokonce u domu malý vybetonovaný plácek, ale přesto to bylo fajn, protože jsme občas, když bylo hezké počasí, mohli sušit prádlo tam a ne uvnitř. A samozřejmě v patře byly dvě místnosti - ložnice.

Měli jsme s Martinem domluveno, že už k nám nikoho nenastěhuje, a když, že si vybereme my sami, koho bychom tam chtěli. Nevadilo mu to, jelikož stejně prý neměl koho k nám momentálně dát a dům měl pronajatý od nějakého Angličana, se kterým prý měl velice dobré vztahy. Tak jsme si tam užívali aspoň chvilku samoty.

Než jsme nastoupili opět do práce, projeli jsme okolí a narazili na krásnou pláž v Crosby. Počasí nám přálo a na to, že byl konec března, svítilo sluníčko a bylo teplo. U vody samozřejmě hodně foukal vítr, ale vzhledem k teplotě to vůbec nevadilo. V Liverpoolu jsem milovala Albertovy doky. Vždy tam byla nádherná procházka podél moře, ale když jsme byli v Anglii poprvé, počasí nám opravdu zrovna dvakrát nepřálo. Takže jsem tam byla pouze párkrát – s Janou v pátek po práci a asi dvakrát s Honzíkem. A na rozdíl od Crosbyho pláže jsme tam nikdy nebyli sami. Tohle bylo další zajímavé místo v okolí, kam jsme se rádi vraceli načerpat novou energii.

A pak jsem si také řekla, že konečně zkusím navštívit Janu. Adresu jsem znala, ale vůbec netušila, zda ji na ní objevím...Ale přesto jsme se za ní vydali.

Bohužel jsem ji už nenašla. Ale zato jsme tam, kde měla být, objevili Marušku se Zoltánem, kteří mi začali vyprávět, co že se to tam vlastně po dobu naší nepřítomnosti odehrálo... Až jsem z toho byla v šoku. Samozřejmě Karina přetáhla Janu na svou stranu a to tak podlým způsobem, že jsem jen žasla, kde se v ní vzalo tolik zloby?! Jako kdybych jí snad někdy něco zlého udělala! Prý řekla Janě, že jsem po otci zdědila dluhy a že mi s tím pomáhá její – Karinin - syn, který je prý finanční poradce! Syn, kterého jsem viděla jednou v životě 5 minut na tramvajové zastávce, najednou se mnou řešil moje dědictví! To na mě bylo opravdu silné kafe. A samozřejmě Janu přesvědčila, že jí lžu, že se někdy vrátím, jelikož ty dluhy jsou tak velké, že je nemůžeme ani splatit, natož vzít někde peníze na cestu zpět... A Jana mi přitom nikdy do telefonu nic neřekla. Tak dlouho to v sobě dusila, až tomu prostě podlehla... Před Vánoci se prý rozešla se svým přítelem a odjela pracovat do Londýna. Takže vlastně ode mě moje vánoční přání nikdy nedostala (což se nedá říci o Karině, která na něj nijak nezareagovala). A jelikož byl byt volný a Maruška se

Zoltánem již také chtěli mít klid, nastěhovali se do jejich bytu. Bylo mi z toho smutno. Úplně nejhorší bolest je ta z nevysvětlené křivdy. Tak moc jsem si to chtěla s Janou vyříkat, ale už jsem nikdy nedostala příležitost...

Maruška se Zoltánem pracovali v masně, kde se balili masné výrobky (salámy) a tam nás na chvilku též zaměstnal Michal. Ale Honzí chtěl dělat něco konečně sám, a tak si našel práci jako řidič kamionu u Britské pošty. Problém byl v tom, že jezdil noční směny. Takže když jsem byla na denní, kolikrát jsme se jen pozdravili mezi dveřmi a on šel do práce a já teprve něco sníst po celodenní šichtě.

Po kratší době jsme si řekli, že v domě přeci jen nechceme být sami a rozhodli jsme se, že zkusíme pomoci ještě někomu dalšímu z Čech, aby si vyzkoušel práci v zahraničí. Vzpomněla jsem si totiž na jednu dívčinu z mého bývalého pracoviště ze Stříbra, která u nás byla kratší dobu na brigádě, že též snila o práci v Anglii. A tak jsem ji zkusila kontaktovat a ona opravdu do týdne přiletěla i se svým přítelem.

Soužití ve čtyřech bylo ze začátku idylické. Jezdili jsme o víkendech na pláž do Derby, na společné nákupy, chodili jen tak do města, sedávali společně v obýváku a hráli karty třeba až do půlnoci. Náš dům byl samý smích. Ale to vydrželo asi tak první tři týdny, než se ti dva začali mezi sebou hádat. Bylo to kvůli práci. Ona byla zaměstnaná prakticky natrvalo, ale on zatím chodil dělat jen tři dny v týdnu a cítil se nejistě. Nakonec to vyvrcholilo tím, že jsme prý za jejich hádky mohli my s Honzou, jelikož jsme je vzali do cizí země, tak daleko od domova, a vytrhli je z „jisté práce", kterou v Čechách předtím měli. Začali jsme sami sobě s Honzou nadávat, proč jsme vůbec někomu chtěli pomáhat? A tak jsme my dva a oni kolem sebe týden chodili a dělali, že se nevidíme. Nebylo to zrovna příjemné. Hlavně proto, že jsme sdíleli společně jeden dům a všechny místnosti v něm...

Po několika dlouhých dnech jsme spolu začali vést neutrální konverzace a vydrželo nám to přibližně další měsíc. Ale to už spolu ti dva zase komunikovali velice dobře, jelikož práce měli dostatek, a tak jsme se spolu dohodli, že než aby skončilo naše přátelství nadobro, bude lepší, když se odstěhují jinam. Martin pro ně našel jiné bydlení velice rychle, a tak jsme v domě opět zůstali sami. Ale bylo to asi nejlepší řešení.

Pak mi konečně agentura zavolala, zda bych nechtěla jít opět na výpomoc do velkoobchodu s krabičkami na brýle apod. A já jsem samozřejmě souhlasila. Konečně jsem opět mohla vidět všechny své bývalé kolegy, i když bez Jany. Ale dodnes toho lituji. I když stejná řeka - vstupovala jsem do ní o pár metrů dál, kde už mi ale unikalo to, co se odehrálo v době, kdy voda plynula - od mého posledního „úprku".

Byla jsem plná odhodlání, že si vše vyříkám s Karinou a dostanu od někoho konečně fungující kontakt na Janu. Ale bylo to vše jinak, než jak jsem si představovala...

Angličané se se mnou přivítali vřele. Ale nepracovala jsem v hale mezi ostatními (se Slovenkami a Karin), dali mě do hlavního skladu, kde byli pouze Britové a kde se dělaly jen důležité a hlavně rychlé objednávky, takže jsem za celý den přišla do kontaktu jen s Angličany. Ale musím říct, že když mě

Karina poprvé zahlédla vstupovat do firmy, zůstala stát jako opařená a sotva z ní vylezl pozdrav. Říkala jsem si, že se v ní určitě muselo pořádně hnout svědomí, ale dnes už vím, že bohužel mnoho lidí snad žádné svědomí nemá a ona patří mezi ně. Vzali mě z agentury na výpomoc s inventurou. Původně chtěli někoho na práci s vyřizováním zakázek, mezitím co oni budou počítat skladové zásoby. Ale když zjistili, že se jedná o mě, vzali mě na pomoc s počítáním a já byla snad první z cizinců v historii této firmy, kdo se účastnil této akce! A to Karina opravdu nemohla rozdýchat, když Sean, náš šéf, řekl, že mě chce na výpomoc a že ona se má věnovat zakázkám! Moc jsem si vážila toho, že mi Sean věří, opravdu! Ale ona to brala opět jako zradu, vždyť ona tam dělala již konečně na smlouvu (ne jen přes agenturu), a tolik let tam odpracovala a nikdo si ji na tak zodpovědný úkol nevybral. No jako bych za to mohla já...

Zatímco my jsme počítali, ona opět spřádala své nekalé plány. Od Angličanů jsem se dozvěděla, že Jana se před odjezdem hodně změnila a že byla neustále s Karin. Pokoušela jsem se jim říct, co jí o mě Karin vše napovídala za nesmysly a jak to bylo doopravdy, ale oni nad tím vždy mávli rukou, ať to neřeším, že je prý duševně chorá.

Druhý den jsem jela do práce autobusem. A úplnou náhodou v něm seděla Karin. Pozdravila jsem ji. Sice nechtěla, ale něco na oplátku na mě zabučela. Sedla jsem si kousek od ní. Jako vždy držela v ruce knihu Angličtiny pro samouky. Zeptala jsem se jí na Janu, jestli neví, proč se mnou přestala komunikovat, a ona mi odsekla: „A ty se divíš?! Pořád jsi jí lhala, že se už vrátíš a nevrátila ses! A ona tady zůstala úplně sama!"

„Jaký nevrátila! Snad jsem tady a já jsem jí říkala, proč to tak dopadlo, já přece nemůžu za to, že nám agentura nezaplatila!" Na to mi nic neřekla. Ale úplně nejsměšnější na tom všem bylo, že se ještě tvářila, jako by ona byla v právu se na mě zlobit. A tak jsem jí vpálila to o jejím synovi a dědictví, co si to vymyslela za lež. Na to mi pouze odvětila, že jí tohle nikdy neřekla a že jsem si to vymyslela. A tak jsem byla opět na mrtvém bodě... Chyběla tu Jana, aby řekla ona, jako to doopravdy bylo. Jak usvědčit chronického lháře, aby řekl pravdu? Neřešitelný úkol i pro Šerloka Holmse... A tak jsme spolu jezdily autobusem skoro každý den bez povšimnutí. I když, pokud k vám někdo vysílá negativní energii, cítíte to stále a všude. Bohužel...

Honza si sehnal novou práci. Úplnou náhodou našel inzerát na Milkmanna (mlékaře). Byla to zajímavá práce... Tohle snad funguje a může fungovat jen tam. Museli jsme se tomu upřímně zasmát při pomyšlení, jak dlouho by to asi fungovalo v Čechách...

Dostal služební elektrické auto, aby nebudil spící občany, když s ním brzy ráno objížděl všechny domy ve vsích a zavážel je čerstvým mlékem a džusem. Bez jakéhokoliv zaznamenávání a dokumentace o tom, co kdo skutečně dostal. Dotyční si objednávali vždy na týden dopředu telefonicky, či lidé nechávali lístečky s objednávkou v prázdných lahvích, které se vracely zpět. Když jsme si tohle představili v Česku, hned nás napadalo, jak by to naši spoluobčané obcházeli a vymýšleli různé kličky, jen aby dostali co nejvíce produktů zdarma a ještě by nejspíš ze srandy nebo ze msty objednávali mléko svým protivníkům a podobně. Každopádně v Anglii to byla celkem pěkná práce, hlavně v klidu a bez účasti dalších lidí. Honza rozvezl mléka ráno a pak měl celé dopoledne volné..

A tak dny utíkaly. V autobuse bylo vždy ticho, až jednou k nám do firmy nastoupila i moje bývalá spolubydlící s ještě jednou novou paní Evou. S oběma to bylo docela fajn, rozuměly jsme si tam více než ve společné domácnosti. A zajímavé je, že ani ony si nepadly s Karin první den a ani následující dny do oka. Angličané se mě pořád ptali, proč tomu tak je, ale já jsem jim vždy jen odpověděla, že je to proto, že oni ji na rozdíl od nás nerozumí, co vlastně doopravdy říká. Nechtěla jsem jí dělat zle a být jako ona. I když bych na rozdíl od ní mluvila pravdu. A že ona toho o nich minulý rok napovídala!…

Nu a najednou za mnou přiběhl nadšený Sean, že Jana zítra přiletí z Londýna na návštěvu a zda o tom vím. „A jak bych mohla?!" řekla jsem a zeptala se ho, kde bude spát? Že může klidně u nás. Ale to už nám do hovoru skočila Karina a sebejistě mi odsekla: „No přece bude spát u mě. Ještě aby spala u tebe, po tom všem! A jede sem za mnou, ne za tebou!" Nechápavě jsem zakroutila hlavou a doufala, že si konečně vše budeme moci vysvětlit mezi čtyřma očima, po dlouhé době jen já a Jana.

Polovina Angličanů byla nadšená z toho, že nás dvě opět uvidí pohromadě, ale druhá mě varovala, že už to není ta Jana, jakou jsem znala. Ale nechtěla jsem tomu věřit, přece když si to navzájem vypovídáme, musí to být zase fajn, vždyť jsem jí nic zlého neudělala! Češky byly zvědavé, kdo to je, a tak jsem jim celý náš příběh vyprávěla. Také se nemohly dočkat, až budou moci zhlédnout naše setkání po tak dlouhé době.

A pak konečně ten den přišel. Byla jsem hodně nervózní, ale strašně jsem se na ni těšila. Měla jsem ji opravdu moc ráda. A ona? Přišla do haly zrovna ve chvíli, kdy jsme měli pracovní pauzu. V té době jsem již nekouřila a ona byla očividně dobře informovaná od paní Karinky... Přišla ke kuřárně, my s holkama seděly venku před vchodem a svačily. Když jsem ji viděla, chtěla jsem za ní běžet a ona na mě spustila: „Čau, jdeš na cígo? Jo, počkej, ty už vlastně nekouříš, tak nic..." Otočila se a zavolala do haly na Karinu, aby šla kouřit s ní. Naprosto mi tím vyrazila dech. A nejen mně. A tak jsem odešla do skladu a litovala jsem, že jsem raději nezůstala jen u těch krásných vzpomínek na ni, jelikož tahle Jana jako by mi přebila v srdci vše, co mě při pomyšlení na naše přátelství vždy rozveselilo.

Britové z toho též byli zaskočeni, ale sami uznali, že už je to úplně jiný člověk než ten, co tam byl před půl rokem. A Karin se cítila jako vítěz. Bezpáteřní lidé to mají s myšlením a svědomím holt jednodušší... Jana pak odjela a už jsem ji nikdy v životě neviděla.

Se svou bývalou spolubydlící jsme začaly být opět na štíru. Začala chodit do práce se štípanci na těle a že mají prý v domě štěnice. Samozřejmě za to jsem opět mohla já s Honzou. O svém vztahu s partnerem nemluvila, ale Michal se nám zmínil, že je na rozpadnutí, jelikož v domě je jediná dívčina ona a samozřejmě ostatní kluci s ní ve volných chvilkách laškují. A ona s nimi očividně také ráda flirtovala a dělalo jí to dobře. To se ale nelíbilo jejímu partnerovi. Takže opět po čase, kdy se ohledně nového, údajně špatného bydlení uklidnila, začala nám pro změnu vyčítat stav svého partnerského vztahu. Jako kdybychom za to mohli. Ano, asi stejně jako za všechny problémy světa.

Nu, Angličané nám nerozuměli, ale přece jen vypozorovali, že nejen vztah mezi mnou a Karin je na bodu nula, ale už i s novou výpomocí to trochu drhne a přestali se s námi přátelit, jako doposud. Už jsem pro ně byla pouhý pracovník jako každý jiný. Nálada na pracovišti opravdu nebyla úplně ideální. Navíc tenkrát anglické zdravotnictví spustilo kampaň na podporu odvykání kouření a přispívalo na léčbu (dotovaly se například nikotinové náplasti apod.). Zaměstnavatel byl donucen zrušit kuřárnu, mnoho Britů se přidalo k programu zdraví, a tak nyní panovala na pracovišti opravdu napjatá atmosféra. Jednou se mě Suzanne, jedna starší paní, zeptala, proč už si konečně s Karin nedáme pokoj a nepodáme si ruce na usmířenou? A jelikož jsem jí už měla skutečně plné zuby a nemohla jsem dál v sobě dusit ta léta zamlčování všeho, co mi o všech na pracovišti řekla, sdělila jsem jí naprosto vše, co mi kdy o nich Karina řekla s tím, že za takových podmínek si s ní nemohu podat ruku na usmířenou ani náhodou. Byla z toho všeho v šoku. Ani se jí nedivím, ale mně se konečně ulevilo. Po takové době jim konečně někdo řekl v jejich jazyce překlad Karininých jejích slov, přání a myšlenek…, všeho, co měla Karina doopravdy na srdci.

Jenže k mé smůle Karina odjela zrovna ten den na dovolenou a Suzanne mi sdělila, že si musí počkat na ni, až se vrátí, jak se k tomu vyjádří, jelikož to opravdu nejsou hezká slova. Bylo mi jasné, že Karina samozřejmě vše zapře, jak měla ve zvyku, ale na druhou stranu jsem byla přesvědčená, že jim už konečně musel někdo přestat lhát a oni poznají, co celou dobu mají před sebou na pracovišti za člověka.

Byl to poklidný týden, bez Karin. Bezvětří před bouří, která se z dálky valila a každý den byla blíž a blíž…

V osudný den návratu Kariny do Británie /bohužel pro mě/ za mnou Karina se Suzanne přiběhly do skladu s výrazem naštvaného býka a držely se za ruce. To prý proto, aby na mě Karina neskočila /haha/, vzala si Suzanne sebou jako oporu. Karina samozřejmě všc popřela. Jenže vzhledem k tomu, že se vrátila z dovolené a přivezla se sebou mnoho darů /hlavně alkohol/ a fotek svojí vnučky, všichni byli obměkčeni jejím „nadšením" ze znovushledání a samozřejmě už nevěřili ani jednomu slovu, co jsem jim týden předtím sdělila já. Připadala jsem si naprosto bezmocně. A pak vás všude učí, ať jste upřímní a mluvíte pravdu! No, nedivím se, že Ježíš skončil na kříži a Jan Hus byl upálen. A já díky pravdě přišla o přátele a pracovní místo. Ano. Ještě ten den si mě Suzanne vytáhla stranou a rázně mi vysvětlila, že prý problémy vznikly mým příchodem a požádala mě, ať odejdu, že už to prý zařídila v agentuře. A pak že dobro vítězí. Ano, vážení, opravdu mě to přesvědčilo: pravda skutečně vždy zvítězí!!

Se slzami jsem dokončila rozdělanou objednávku a vydala se směrem k autobusu. Holky, Češky i Slovenky zůstaly v šoku stát u svých pracovních stolů nad tím, co se to děje a jak je možné, že odcházím já. Ano, konečně měla Karina navrch – byla zaměstnaná na hlavní pracovní poměr, já jen přes agenturu. Takže jasně bylo jednodušší vyhodit mě. Odcházelo se mi opravdu těžko, jelikož jsem to tam i s těmi lidmi opravdu milovala. Zase se jí nade mnou povedlo zvítězit... Nikdy nezapomenu na ten její škodolibý úšklebek...!

Až teprve venku mi pořádně došlo, co se tam uvnitř stalo, ale už jsem se vrátit nemohla. Volala jsem Honzímu, co se stalo a on pro mě přijel autem. Jako milkman měl volno od devíti do tří, tak jsem byla alespoň ráda, že jsem v tom ubrečeném stavu plném beznaděje nemusela ještě jet domů autobusem.

Po mě z firmy vyhodily i všechny Češky. Takže to nakonec dopadlo úplně nejhůř. Angličané si tam opět nechali jen Karinu, tři Slováky a ostatní cizinci už měli smůlu. Britové ve svém kolektivu už nechtěli riskovat další konflikty podobného rázu. Snad se někdy pravda ukázala a Karina nezůstala nepotrestána. Přeci musí existovat ve vesmíru spravedlivá rovnováha? Bylo mi to líto, že se kvůli tak prohnilému stvoření ocitli hned tři lidé bez práce...

Naštěstí Michal zařídil pro nás všechny práci v masně. Nevýhodou sice bylo delší dojíždění, ale tahle práce byla fajn v tom, že byla dlouhodobá a dobře placená.

Honzího práce nás nepřestávala udivovat. Jak by to asi fungovalo v Čechách? Každé ráno se nenápadně potichu vkrást lidem do zahrady, položit jim vedle dveří lahve s čerstvým mlékem a džusem, to vše bez jakékoliv evidence /tu si vedl jen řidič/ a pak každou středu a čtvrtek obcházet dům po domě a dožadovat se zaplacení? A když někdo nezaplatil, musel to řidič firmě uhradit ze svého?? Někteří lidé dokonce platili denně tím způsobem, že vhodili peníze do prázdných lahví, které musel Honzí samozřejmě vyzvedávat a vozit zase zpět do firmy?? Myslím, že u nás by zmizely přes noc peníze i s lahvemi :-D

Lidé platili vcelku bez problémů, pokud jsme je ovšem zastihli doma. Jezdila jsem na výběry s ním, kdyby se někdo chtěl hádat, aby alespoň měl sebou nějakého svědka, že někdo nechtěl zaplatit. Ale mnohokrát mu musel přijet na pomoc Denis, bývalý milkman, kterého Honzík nahradil, jelikož ten už věděl, kdo se bude vykrucovat a kdo ne. Denis byl nemocný, měl v hlavě neoperovatelný nádor, což už bylo znatelné na první pohled na tvaru jeho hlavy. Ale byl hodný a nebyl z toho vůbec smutný. Byl to takový milý pán se smyslem pro humor.

Každopádně tyto výběry peněz už se staly pro nás neúnosné a Denis s námi nemohl jezdit do nekonečna. Takže Honzí dal výpověď a též odešel pracovat do masny.

Co se týče našeho bydlení… Na to, že jsme si mysleli, v jak klidné čtvrti bydlíme, jsme velice rychle prozřeli. Při pohledu na zídku kolem vstupu do zděné zahrádky jsem si všimla, že jsou tam kusy skla. Dělali jsme si z toho legraci, že je to pravděpodobně místo ostnatého drátu. Ale legrace to zrovna nebyla. Opravdu tomu asi tak bylo, jelikož jednoho večera jsme slyšeli kolem našeho domu divné zvuky a šramocení. Bydleli jsme kousek od Evertonského fotbalového stadionu a netušili jsme, jak moc se v Anglii mezi sebou různé fotbalové kluby a jejich fanouškové doslova nenávidí. Tenkrát jsme měli strach a raději zavolali policii. Nehodlali jsme totiž riskovat, že nás přepadnou nějací nacionalisté. V Anglii bylo o nich obecně známé, že nenávidí cizince a v nedávné době bylo mnoho cizinců zabito neznámými útočníky. Policie vyslala hlídku, která se jen párkrát projela ulicí a bylo ticho. Od té doby se nám tam ale už moc klidně nespalo.

Druhý den nato jsme se dozvěděli, že v parku kousek od našeho domu našli ráno mrtvého chlapce. Prý to byl nějaký mladý kluk, který fandil jinému fotbalovému týmu, než právě Everonu. Takže náš strach rostl, kromě toho i proto, že nám před domem stálo auto s českou poznávací značkou. Takže jsme jim byli takřka na ráně.

A pak to také začalo – ráno jsme přišli k autu (bylo to to staré, se kterým jsme dorazili do Anglie, se zlomeným klíčem v zapalování) a zjistili, že v něm někdo byl. Poté jsme zjistili nemilou věc, že náš centrální zamykací systém se dá snadno překonat čímkoliv špičatějším, co se přiloží k zámku. Což nebylo zrovna příjemné, když nemáte žádnou možnost, jak jinak auto zajistit před krádeží. V ten den jsme si řekli, že už opravdu musíme koupit nějaké auto s anglickou SPZ. Ale to nebylo tak snadné, jelikož jsme museli chodit do práce a nebyl čas jezdit na prohlídky použitých aut.... A pak se nám tohle stávalo často, někdy jsme měli vyklopené zadní sedačky, že se byli podívat do kufru, jindy otevřenou kastli... Ale velkou výhodou bylo, že vzhledem ke zlomenému klíčku v zapalování a důmyslnému systému náhradního zapalování pomocí tří tlačítek jej nikdo nemohl ukrást a to ty dotyčné očividně štvalo, a proto to zkoušeli den co den všemi způsoby a když se jim to nepovedlo, zanechali nám alespoň vždy nějaký důkaz o své přítomnosti. Jednou jsme je nachytali v noci a zavolali na ně policii. V tu noc se u nás v ulici snad honili dva gangy teenagerů, kteří běhali a skákali po našich zídkách s noži v rukou. Byl to opravdu ošklivý zážitek... Navíc díky dokonalé spletí uliček propojujících snad celé bloky dohromady se policistům nemůže povést dopadnout nikdy nikoho.

Naštěstí jsme si konečně mohli vzít v práci společně volno a vydali jsme se pro nějaké anglické auto, abychom mohli splynout s davem. Byl to červený Rover, typická anglická značka a jak říká Honza, taková britská Škodovka.

Postavili jsme ho vždy co nejtěsněji k našemu starému autu, se kterým jsme si ale nevěděli rady, protože do něj neustále lezli nezvaní návštěvníci. Jednou i rozbili zadní sklo, asi ze vzteku. A tak jsme jim tam nechali napsaný vzkaz, zda toto měli opravdu za potřebí. Ale očividně jim to bylo jedno, jelikož druhý den ráno mělo auto pod kastlí vytahané ven všechny kabely - někdo holt hledal za každou cenu způsob, jak s autem odjet. Jednou v neděli byli dokonce už natolik drzí, že do auta vlezli před našimi zraky kolem osmé ráno a snažili se ho aspoň odtlačit. Naštěstí jsme už měli domluveno s Michalem, že jej v pondělí odtáhne jedna firma do šrotu. A tak chudák naše autíčko mělo konečně po útrapách a my po starostech.

A zbylo nám už jen to „nové". Jenže nám Michal jaksi zapomněl říct, že k anglickému autu musíme mít i zaplacený místní poplatek, jelikož s neplatiči tu policie nemá slitování. Každý den jsme jezdili do práce přes tunel, který spojoval Birkenhead s Liverpoolem. Tunel byl placený a hlídaný kamerou, ostatně jako celá Anglie, ale o tom jsem se již také zmínila. Takže po celou dobu jízdy byl každý pod dohledem a samozřejmě si jednoho dne všimli, že nemáme za oknem plaketku o zaplacené silniční dani (MOT). A tak se stalo, že jednoho dne, když jsme se vraceli o půl noci z naší směny, už na nás těsně za výjezdem z tunelu čekala policie. Nejdříve jsme si mysleli, že jde o běžnou kontrolu a jelikož jsme měli na auto zaplacenou povinnou pojistku v Čechách, kde se paní po telefonu dušovala, že to lze, auto nám bylo bez milosti zabaveno. Ano, na místě. A to jsme měli prý štěstí, že jsme si z něj ještě mohli alespoň vzít všechny osobní věci! Prý je tu totiž zvykem, že vám mnohdy nedovolí z auta vynést absolutně nic, dokonce ani mobilní telefon!

Policista byl milý, ale i přesto neoblomný. Bohužel jsme poznali i další nemilou stránku velkého britského království – v Čechách bychom dostali možná jen napomenutí a mohli s autem alespoň odcestovat domů a vše napravit. Ale tady ne. Během chvilky přijel odtahový vůz a nám sdělili, ať jedeme domů taxíkem. Opravdu úžasný zážitek! Ale řekli jsme si, že tedy za chyby se platí a hned druhý den vše napravíme. To jsme ale ještě netušili, co nás teprve čeká...

K tomu, aby Honza dostal MOT, muselo být auto pojištěno v Anglii. Získat pojištění nebyl problém, ale problémem se stal náš nízký věk a to i přesto, že měl Honza v České republice již najeto 6 let bez nehody. Nikdo neřešil jiný stát, důležité bylo jen území Velké Británie. A pro Británii byl Honza zcela neznámým řidičem s nulovým bonusem. A ještě když se zmínil, že je povoláním řidič, všude mu byla vypočtena pojistka ve výši min. 400 liber měsíčně, což bylo opravdu strašné! A ještě ke všemu za volant nemohl sednout nikdo jiný, jen on, protože byl uveden ve smlouvě. Takže já mohla jezdit už pouze jen jako spolujezdec. To by mi ani nevadilo, ale jde mi o princip – když jsme srovnali, jak to chodí u nás a jak u nich... začali jsme být trochu zoufalí a obávali se, jak to vše nakonec dopadne. Jelikož na internetu jsme se dozvěděli, že pokud si auto nevyzvedneme do sedmi dnů, bude buď sešrotováno, a nebo v případě vysoké ceny vozidla vydraženo a peníze propadnou britské policii! Auto jsme nepořídili za vysokou cenu, ale bylo naprosto v pořádku a potřebovali jsme s něčím jezdit, a tak jsme to nechtěli vzdát. Dokonce nás i napadlo, jak možná lze nad policií zvítězit. Našli jsme na internetu autopojišťovnu, která pojišťovala auta pouze na jeden den. Byla to sice trochu dražší služba, ale šlo to. Museli jsme jednat rychle, jelikož za každý den v policejní garáži se platilo neskutečných 60 liber! A už samotný odtah byl za 140 liber...

A tak jsme s vytištěnou platnou smlouvou vyrazili na policejní služebnu v našem okrsku. Tam se úřednice podívala na protokol od policie, kamsi zatelefonovala a sdělila nám pak, že musíme jet na jinou adresu, že u nich se toto neřeší. A tak jsme si museli zavolat taxi. To nás dovezlo na danou adresu. Už jsme se těšili, že je po všem. Bohužel tam nám byl vydán jiný papír s adresou, kam se máme prý hlásit o auto a vše po předložení dokumentů uhradit. Takže jsme opět volali taxi a to nás odvezlo k našemu překvapení do Birkenheadu. Tam se pan policista konečně podíval na naše pojištění a sdělil nám, že na jednodenní pojištění auta nevydávají a že si máme sehnat jiné, platné minimálně na tři týdny! To už jsme opravdu propadali zoufalství... Ale rozhodli jsme se zajet k Martinovi do kanceláře, zda by nám tedy nemohl nějakým způsobem pomoci. Naštěstí ano, jelikož i jemu se stalo prý před lety to samé.

Zařídil nám pojistku během deseti minut na 40 liber měsíčně, pomohl zrušit i dosavadní jednodenní a dokonce měl i známost, která by nám zařídila plaketu MOT. Ale na tu jsme si bohužel museli počkat až do druhého dne, kdy teprve začala platit pojistka na auto.

Konečně jsme si mohli trochu oddechnout...

Druhý den jsme jeli vyzvednout svého plechového kamaráda. Policista v Birkenheadu vše zkontroloval a poté nám sdělil, na jaké adrese se nachází parkoviště s naším vozem. Martin nám den před tím vysvětlil, proč je zde takový problém s dohledáním zabavených aut – mnoho zámožných lidí si prý svá drahá auta nechtěli vykupovat a raději platili za jejich „únosy" z policejních garáží. Proto místo odtahu se od jistých dob tají a jak jsme se sami přesvědčili, opravdu není jednoduché takové místo najít!

Ani nevíte, jak moc jsme byli rádi, že máme vůz zpět! Dopravovat se v Anglii pomocí veřejné dopravy je nesmírně časově náročné. A i kvůli této zkušenosti jsme začali vážně uvažovat o návratu do České republiky. V práci to nebylo vůbec špatné. Ale tak nějak se nám zastesklo po normálním rodinném klidu, který jsme tam prostě neměli. Bylo to stále z práce do práce, stali se z nás konzumenti života – spát, jíst, do práce, na nákup, platit účty, ... jíst, nakupovat, pracovat ... a pořád a pořád dokola. Jelikož jsme pracovali od jedné do jedenácti v noci, z celého dne jsme neměli prakticky vůbec nic. Na víkendy jsme jednou za 14 dní jezdili pracovat na celý víkend do „křupkárny" (výrobní hala pro velmi známou firmu s cereáliemi), kde jsme čistili haly a pracovní stroje. Práce to nebyla nijak náročná a Angličané se u ní nikdy nijak nepředřeli. Pracovní doba trvala 12h, ale každé dvě hodiny jsme si dopřávali 15 minut pauzu, prý kvůli hluku v hale, abychom neohluchli. Placené to bylo opravdu královsky. Za ty dva dny jsme si tam každý vydělali skoro jako za celý týden v naší jinak běžné práci. Ale jak říkám, už nám nezbýval čas vůbec na nic dalšího a krom toho, že jsme neustále řešili (ne)bezpečnost naší ulice, kde si neustále různé skupiny mladých vandalů vyřizovali účty, čas jako by se kolem nás zastavil.

A tak jsme se jednoho dne definitivně rozhodli, že se vrátíme zpět do Čech a zkusíme štěstí s prací tam. Pořád jsme se tak nějak chlácholili slovy, že když to tam jde jiným, tak proč by to nemělo jít i nám?

A tak jsme si vše do poslední věci sbalili do auta, rozloučili se s Michalem a nadobro opustili Británii, plní očekávání z toho, co nás potká v naší rodné zemi.

Můj příběh zdaleka ještě nekončí.

A jaký je ten tvůj? Nezapomeň nikdy na to, co jednou prohlásil Mark Twain:

„Dej každému dni příležitost, aby se stal nejkrásnějším dnem tvého života!"

A také začni uskutečňovat své sny, protože nikdy není pozdě začít.

Poďekování

Děkuji všem, kteří mi pomohli být lepší...

Kristýna Šťastná
ČESKÁ MYŠŠ

Vydal: Kristýna Šťastná - SORBON
www.sorbon.co
Korektura: Taťána Vroblová
Grafická úprava obálky: Kristýna Šťastná
Datum vydání: 09/2017